狂飙集

年逾九十的田庄老人的『狂飙』岁月
八年抗日战争，因经过狂飙剧团的磨炼而走上了戏剧之路

田 庄/著

社会科学文献出版社
SOCIAL SCIENCES ACADEMIC PRESS (CHINA)

庆祝中国共产党成立 90 周年

并谨以此书献给
我的母亲
哥哥和姐姐

▲ 1948 年冬中原战士聚会于刚解放之石家庄，与人民文工团战友合影。前排左起王燎莹、李吟谱、田庄、杜利，后排左起程若、谷风、舒铁民

◀ 1950 年话剧《莫斯科性格》公演，作者饰演克利伏胜（右）

◀ 1949 年作者在话剧《胜利渡长江》中饰老艄公（左），管林饰沈大嫂（右）

▶ 1953 年作者导演的歌剧《小二黑结婚》剧照。郭兰英饰小芹，于夫饰小二黑

◀ 作者在歌剧《王贵与李香香》中饰演李德瑞

▲ 1956 年作者在话剧《桃花扇》中饰演马士英（左二），李丁饰演阮大铖（左一）

▶ 1956 年作者导演的歌剧《槐荫记》剧照。于莲芝饰七仙女，王嘉祥饰董永

▲ 1960 年作者（右二）在中央音乐学院为声乐系学生上表演课

◀ 1960 年作者在中央音乐学院任教时导演的歌剧《青春之歌》。左起：黎信昌饰江华，李光伦饰魏三大伯，黄揆春饰林道静

▶ 1964 年作者导演的话剧《豹子湾战斗》剧照。老伴王蕊芳饰演卫生员陶杏儿（左四）

作者简介

田庄，1920 年生于山东省济南市。曾用名王宝镛、王保庸、王开时、尤加利，笔名慨诗。幼时曾读私塾。抗日战争时期曾组织狂飙剧团演出于豫、鄂、陕及四川等地。1940 年考入国立戏剧专科学校（今中央戏剧学院前身），1945 年参加新四军第五师。中原突围后，去邯郸入北方大学艺术学院、中央音乐学院任教。新中国成立后，先后在北京人民艺术剧院、中央实验歌剧院、中国歌剧舞剧院、青岛市歌舞剧院任演员、导演，中国戏剧家协会会员。曾载入《当代戏剧家传略》、《世界华人文学艺术界名人录》。

作者 85 岁

目　录

故　乡　篇

狂　飙　篇

剧　专　篇

解　放　篇

附　　录

序一　舞台上下九十年

——读田庄《狂飙集》有感

伊　洛

　　惊雷一声！作为舞台故旧遗老级的前辈人物之一的田庄，最近竟以九十高龄完成了其自传体回忆录并自作序，这是他人生跨世纪（长跨，不是短跨）的殿场工作。书稿全部用蝇头小楷自书，身手仍如此矫健，不减当年。

　　说来，九十初度而自序，即使在大如我们中国，也很少或从未听到。自从我们那位倒霉的太史公写出不朽的《自序》，两千多年来竟未再闻有高年而自序者。东坡四十已称老，朱子六十已呼翁。纵使晚近人寿渐长，国学大师钱穆有《八十忆双亲》，大哲学史家冯友兰有《三松堂自序》，写作时也不过八十五六岁，更年长者未之闻也。《九十自序》无论如何可能是一个极少达到的创例。在这里，我并不是要在学术上把田庄《九十自序》与这些大师学者相比，而只是表示他们的自序写作时间是有年龄上的大小或迟早的差别的。总之，九十而自序不是件简单的事，是少之又少、稀之又稀，是可喜可贺的一桩稀罕事。

　　还有一点值得且必须一提，在田庄一生九十个春秋的漫长曲折过程中，抗战初，当国家民族生死存亡命悬一线的当口，田庄一辈青少年表现出了一股同仇敌忾舍生忘死的"狂飙"精神。在万里征途中，展开演剧唱歌，大力呼喊全民起来与敌人作生死决战。坚

1

持抗战到底，直到最后胜利。

大家知道，1937年七七事变卢沟桥一声炮响，日军侵入华北，抗日战争爆发。当时的国民政府因武装薄弱抵不住敌人的入侵，11月8日，即抗战开始后四个月另一天，上海失陷；12月13日日军侵占南京实行了大屠杀，屠杀30万人，血流成河，尸积如山；表明日本军国主义法西斯不但要灭亡中国，还要中国人永远低头弯腰做亡国奴隶不敢再起来反抗。但鬼子想错了，中国人是有民族气节的，是有热血的。他们不但未被杀怕吓倒，反而燃起胸中报仇雪耻的熊熊烈火。他们站起来了！这证明中国人确实是有热血，有民族气节的。他们的口号是："不当亡国奴！也不作顺民！""宁死，不作亡国奴隶！"他们纷纷投入和走上各方各条战线迎击敌人。尤其是青少年人，他们胸中的怒火烧得更高更烈，恨不能与鬼子立即拼个你死我活。这时的田庄正跟随他在读的学校（山东省立一中，又称济南中学）在流亡中行进。他们共有师生三百余人。他们焦虑关注眼前抗战局势的发展。校长孙东生和丁用宾、李广田等都是北大"五四"后一代人，思想上有比较自由开放的一面。学校有自己的抗战观，他们认为抗战将是长期的，国家青年一代的教育不能停，敌人虽然可以暂时侵占我们的家乡和学校，但中国有万里山河，中国的河山大地都是我们的课堂。所以，他们虽在流亡仍随时随地边走边开学上课，风雨无阻，弦歌不辍。这就

1997年作者（右）与伊洛同志（左）

是他们称为与国家同命运的抗战教育。

消息传来，南京陷落，30万同胞惨遭屠戮。奇耻大辱莫此为甚！聆听之下，他们怎么办？人在苦海反而冷静。他们没有了眼泪，没有哭叫，反而陷于深思，怎么办？他们一群十几岁的少年，手无寸铁，但还有喉咙和手脚和一颗复仇的心。他们决定成立抗敌宣传队，组织剧团和歌咏队，呼喊抗战！呼唤全民团结不分党派！抗敌救亡！挽救危亡中的国家和民族。这就是"狂飙"剧团的来历了。李广田老师帮助取了剧团的这个名字，鼓励他们狂飙一般行动起来，唤醒那些还在沉睡未醒的人，赶紧起来投入全民抗战的大队伍。这是对南京大屠杀的一个最强有力的反应。

随着抗战的深入，在开战最紧急的前两年，狂飙剧团冒着敌人的炮火和轰炸，每天通常要徒步行军。日行百里，夜睡地铺。还趁着行军间隙，几乎每天每日在无论什么样的穷乡僻壤荒村乡野，只要有人聚居的地方，他们就停下来，敲锣打鼓聚集群众展开演剧和唱歌活动，告诉那些还不知抗战是怎么回事的老乡们，给以迎头棒喝，告诉他们抗战已深入，鬼子兵已来到眼前，他们杀人放火、强奸妇女无所不为，他们要灭亡咱们中国和中国人。中国人再不能睡大觉！全中国都要起来救国救民救自己，再不能等待。要起来关心抗战支持抗战参加抗战投入抗战。千言万语一句话：要抗战到底，挽救危急万分的我们的国家和民族，也就是挽救自己。读田庄《狂飙集》回忆往事，一时眼前又在晃动"狂飙"演员们的身影和他们激昂悲壮的歌声。他们剧团的保留歌曲至少有四五十首，听！他们在高歌，也是在呐喊！至今我还能隐隐听到，73年前他们的歌声的回响：

> 中国不会亡！中国不会亡！
> 你看那八百壮士奋守东战场！
> 四方都是炮火，四方都是豺狼！
> 宁愿死，不退让！宁愿死，不投降！

我们的国旗在重围中飘荡，

飘荡，飘荡！……

还有《在太行山上》：

我们在太行山上，

我们在太行山上。

山多林密，兵强马又壮。

敌人从哪里进攻，我们就叫他在哪里灭亡！

敌人从哪里进攻，我们就叫他在哪里灭亡！

……

还有《大刀进行曲》：

大刀向鬼子们头上砍去！

全国武装的弟兄们，

抗战的一天来到了！

抗战的一天来到了！

前面有东北义勇军，

后面有全国老百姓！

中国军队勇敢前进，

看准了敌人，杀！

大刀向鬼子们头上砍去！

最后再补充说明一句，狂飙剧团是在南京大屠杀事件发生的时刻紧急组织起来的，在之后数年的艰困危难岁月中，在广大苍茫的祖国大地上，进退迁回成千上万里开展活动，他们日夜奔走呼号，呼唤抗战，进行抗战戏剧演出和抗战歌曲演唱，发动群众鼓舞斗志。他们尽量搜集新出刊的戏剧资料，来研究运用，甚至自编自导以应急需。他们的活动和歌声长时间（两年之间）在广大地面上流动飞扬，终于产生了影响，形成了空气，发生了连锁效应，各地区各形式的剧团、歌咏队纷纷出现！增强了长期抗战、抗战到底和直到最后抗战胜利的决心和信念。在这一点上"狂飙"一群小伙伴是有劳绩和贡献的，是不可不知更不能遗忘的。与狂飙剧团相类似的团体，在抗战初期在延安有名噪一时的"孩子剧团"，与"狂飙"可称双璧。但在抗战活动范围和活动时间上，狂飙剧团都大大超过孩子剧团。并且"狂飙"是完全自发自办，一切费用开支完全出自团员们自己口粮的节省，尤为难得。在抗战初最艰苦危难的岁月，"狂飙"高唱着"八千里路云和月"的壮歌，沿了万里长征的精神前进。沿途按日按站演出，不漏一场一站，总共大小演出算来也不少百场。论其始终，"狂飙"从街头剧、草台戏起手一步步在实践中发展成长，以至成熟到最后能够演出多幕连台的正式的舞台剧，成为一个颇有规模的剧团。"狂飙"在实践中成长，田庄一直都是主要演员兼导演，是三大台柱之一。另一主要演员是一男扮女反串角色。剧团起初还没有女演员。田庄既是"狂飙"发起人和组织者之一，还是剧团的一个"老跟包"，即俗称的老管家。随着抗战深入，"狂飙"要独立行动独立生活，事无巨细都靠他一手抓。最后，依靠他从小养成的记日记和管家务的习惯，他竟然完整地写出并保留下来"狂飙"的"生活（演出）日记"、"演出表"和"演出剧目清单"，把这一段表现中国少年爱国主义高潮的抗战演出万里行的真实历史故事和盘托了出来，给中国戏剧史，尤其是抗战戏剧史留下了不可或缺的一笔。"狂飙"是八年神圣抗战的儿子，在民族血泊中降生，中国河山大地曾是它的舞台，在中国三千年古老舞台上它是一个前所未有的新的小角色。但这一切原来落下一片空白，失去了记载，令人叹息。《狂飙集》的出现，使这一段流失的历史事迹又回归历史，使历史画面得以重现。如果让它们流传下去，是能够震撼人们的长远视听的。这实在是一件大幸事，也是一件大快事。田庄说他的一部回忆录也可说是一部"野史"，或可略补正史之不足。"野史"云云，事实正是如此，野史古又称"稗官"，是提倡人自己写自己的历史，反对一切官腔官调的。"狂飙"故事正是这样，"狂飙"人写"狂飙"事，可说是纯粹标准的"野史"，"可补正史之不足"也真的并非一句虚话。

是为序。

2011 年 5 月 31 日

题 外 寄 语

最后可能是并非题外的题外语，田庄以一名共产党员、国立剧专卒业现代剧人，成为伶界宗师、梨园世家谭鑫培氏的女婿的女婿，无疑是在中国千年梨园血统中植入一枚现代因子。按历史艺术逻辑，应该有所引发和变化，让人引颈而望。

2011 年 6 月 2 日

序二　九十自序

"总得留给后人一点什么吧"，这是写此书的宗旨。

人世间每个人都会有一部"历史"。这部"历史"，像每个人的面容一样，似万花筒一般，各有各的境遇，各有各的特色，但都反映了当时的时代背景，也反映了社会习俗、地方特征，以及家庭细节，等等。读之使人开阔眼界。因为这些资料是在"正史"中寻不到的。这也算是"野史"的一部分吧。因而有其独到的价值。

八年抗日战争，因经过狂飙剧团的磨炼而走上了戏剧之路，故以《狂飙集》为名。

以为序。

2010 年 12 月 14 日

作者 90 岁时与中央歌剧院老同事合影（前排左起舒铁民、茅沅、方晓天、程若、作者夫妇、罗昌霞，后排左起苗林、董燕雄、范慧）

故乡篇

柳　园

　　儿时去柳园玩耍，是一件乐事。

　　柳园离我家不远：出去新东门左转弯下个大石头坡，再经过水闸就到了。它在护城河的东岸，背靠上崄子的青龙街。如果不是被城墙所阻，可能就是我家大门对面。中间隔着一条河罢了。

　　柳园的岸边种着一排垂杨柳，自春到秋摆摆摇摇，像一美女翩翩起舞。此园恐就以此而得名。除此而外，园中就是空荡荡一片空地。儿童们在此嬉戏，得其所哉。那个年代（20 世纪 30 年代）在我们故乡有这么一片空地给小孩子玩耍，实在是幸福之至。

　　记得园中靠东仅住有一户人家。贵姓，何许人等，均不详细。其与孩童在此玩耍竟无关系。但听老人言，当初（可能在民国以前）这柳园也不是常人所能去的地方，是一个有名的茶园，也是休闲之所。

　　园的对岸，护城河边，

作者 16 岁

3

这里河水较清，我们曾在这里捉小鱼、小虾，如果遇上一只小螃蟹就格外高兴。当时多半是捉了放，放了再捉的。偶尔也捧回家去，那得跑得快，以免干死在手里。园的南面是青龙桥，桥下是一个一亩左右的大水池，岸边以大块方石砌成，是供百姓洗衣的场所。近百十妇女边洗边捶，家乡洗衣服是用木棒捶，所发出之声，是难用乐谱谱出的。

等人再长大一些时，柳园的东南角，过去水闸不远处，建设了一座水电厂，规模较小，每天隆隆作响。我们又好奇，又讨厌，虽然也常去观光，但总觉得影响了去柳园游玩的兴致。

2002 年 1 月 11 日午后

青 龙 桥

　　青龙桥就在新东门外。桥东是青龙街，因而得名。平时经过此桥的机会很多：去后坡游玩、去青龙街走亲戚、去三隍庙、去南圩子门外上坟、放风筝……均须经过此桥。后来上了正德小学，更是天天经过此桥，每天还不止一趟了。再长大念齐鲁①了，仍然如此。此桥可真成了我幼年的"密友"了。

　　青龙桥不但是交通要道，还是游人聚集的场所，哪个季节的游人不在此桥逗留一番呢？论商业，其实这里也仅有一家酱菜铺、一家杂货店和一家清晨卖甜沫的。可各色小贩就不计其数了。特别是到了夏季，更特别是到了夜晚，这里简直成了闹市，成了消暑的胜地。卖汽水的、卖酸梅汤的、卖西瓜的……卖西瓜的给人的印象最深，也颇具特色。他们是边卖边吆喝："好西瓜两个旦（大）② 一块……红沙瓤的两个大钱！——吃罢！大一块！"似唱通俗歌曲，诱人得很！有时间在家乘凉，遇到顺风，隔着城墙隐约也能听到一两声。

　　相比之下，三家店铺倒是一般化的。酱菜铺，因为城里就有一家更大的，所以这一家的顾客并不是太踊跃。杂货店，主要是卖水果，也不是很景气。唯独清晨卖甜沫的那家，看起来挺繁荣，

---

① 齐鲁即齐鲁中学，是所教会学校。
② "大"是一个大铜板的意思。

我们家也是老主顾。有一年突然关门了，怎么回事呢？是个喜悲剧呀。说一清早来喝甜沫的人很多，在给一位顾客盛甜沫的时候，从锅里盛出一个妇女用的裹足条子！——大煞风景，从此，关门大吉。

2002 年 1 月 12 日午间

济南小吃种种

油旋儿、小油酥烧饼、糖素玫瑰包

济南小吃不少，虽没有鲁菜名气大，鲜为今人所知，却也各具特色。

从前按察司街南头有家油旋儿铺，临近街头就会听到小擀面杖敲打案板发出的清脆而有节奏的响声，葱油的香气也同时扑鼻而来。油旋儿有一般烧饼大小，椭圆形，其里层层叠叠，片片成旋儿。原料简单，仅葱花、大油、食盐、面粉而已，烙得外酥里嫩，全靠手艺。

小油酥烧饼有枣泥、豆沙、白糖、椒盐、梅干菜、猪肉各种馅，其大小与一块银圆不相上下。多数人虽喜猪肉馅，但其他甜馅也都各具特色。梅干菜的甜而微咸尤其好吃。

糖包、素包、玫瑰豆包，其特色是纯素食。糖包是白糖馅稍加青红丝；素包是粉丝、白菜或菠菜，稍加炸豆腐、姜末和胡椒粉，用香油调馅，比肉馅还好吃；豆包是红豆或赤小豆和红枣，加玫瑰酱。味美可口，价钱公道，属薄利多销类。

米粉、甜沫

米粉，用小米粉做成，细条似挂面，俗称"浇汤米粉"。汤是肘子汤。卖者多是挑担的，前担中央有炉火烧汤，四周是个大托盘放调料：虾皮、芫荽（香菜）末、冬菜、紫菜、酱油、辣椒油、姜汁等。后担装有米粉及碗筷等物。米粉是热的，吃时先将调料放入碗中，抓一把米粉放在笊篱里，浸入沸锅中，略事晃动，待粉丝烫透之后，先用一勺热肘汤将调料化匀，再将笊篱里烫好的米粉倒入碗中，是为"高汤米粉"。如切些半瘦半肥带皮、煮得极烂的肘肉入碗内，来一个锦上添花，这便是"肘子米粉"了。到了夏天，同一个摊主又换上拔凉败火的"蔴汁米粉"了。米粉照旧，不用高汤，用的是蔴汁（芝麻酱）汤、干蔴汁、胡萝卜咸菜末、腌香椿末，还有姜汁、蒜汁（可随顾客任选一样），以及盐水、清醋，再加上黄瓜丝作配头。喝上一碗，酸酸辣辣，饥渴全解。

至于早点，一般市民爱喝甜沫。甜沫是用小米加水磨成糊，熬成粥的。不但不甜，反而是咸的，放入菠菜、豇豆，也有再放粉丝的。事先要用葱花、姜末煸锅。豇豆是预先煮熟，临时洒在碗里的，好喝至极，全国仅有。

炸丸子、炸豆腐

这里所卖的炸丸子、炸豆腐，均非单食，而是带汤水的。卖者挑担，前担有火炉，架锅烧汤，汤放酱油、香油；后担有炸好的丸子、豆腐、碗勺之类。丸子是用豆面加盐炸出的，豆腐则炸成四方形薄片，顾客买时浇上汤即可。丸子、豆腐两种均买或单买一种随意。也有顾客自备主食（馍、饼）同食。也是一种物美价廉的大众食品。

王禹子的五香烧鸡

烧鸡串街卖的不多，济南却有。30 年代的王禹子也就是不到五十岁的年纪，挎一个长椭圆形柳条元宝筐，上面蒙一块深蓝色粗布，下面铺的盖的全是荷叶。他卖的五香烧鸡确实好，掀开粗布，香味扑鼻。他的烧鸡不尚"脱骨"，但稀烂、耐嚼，完全保持鸡肉本味，可说完全能与德州扒鸡媲美。其包装也甚有济南特色，用的是大明湖的新鲜荷叶。他不单卖鸡，还卖鸡杂儿——鸡胗干、鸡肠、鸡血，也都是用荷叶包得整整齐齐，是一出锅就包好了的（因此，有时买来还是热乎乎的）。包装的荷叶新鲜，柳条筐子也一尘不染，蒙着的蓝粗布更是干干净净毫无油污。王禹子人也利落、干净，脸上从不允有胡楂儿。他声音有些哑（是长年留的职业病吧），但叫卖之声仍抑扬诱人。

刘大子的绿豆糕

人称刘大子的，可能是排行老大吧。当年已是五十开外的人了。家住新东门里东城墙根北街（即今之黑虎泉路北街）。他稀疏几根胡子，留着小辫，驼背。四季挑担走街串巷。冬春卖脆萝卜，附带着红薯片；入秋则卖干面地瓜；到了夏天改卖绿豆糕。绿豆糕是用上等绿豆和大红枣放在瓦盆里，烧火焖熟的。质地结实，全无水分。扣过来放在一块木板上，罩上一块湿润的漂白布，随切随卖，也是用新鲜荷叶托给你。因为枣多，吃起来很甜。一个铜板，足够孩子们一顿点心，真是价廉物美。如果说烧饼、甜沫、烧鸡等在其他各地尚可买到的话，这种绿豆糕，笔者虽走过大半个中国，却未曾遇到过，可说是绝无仅有的。

回回烧饼

从名字一望而知是回族食品，但汉族人也都喜欢吃。比一般烧饼略大，稍带咸味。这种烧饼是烙出来的。烙时不用煤炭，用的是木屑。其炉上下两层，上层是烤，下层是烙。烙成后，饼呈上下两层。上面的有一层芝麻，中间空心，正好能夹上一根油条或一层香油馓子。刚烙出来，就是不加油条也喷香可口。卖这种烧饼的不止一家，多在杆石桥一带回民聚集的地方，有人特地买回晾干，专嚼那股硬韧劲儿，也有将其烙得透焦而食者。

洛口清醋和枣果

清醋、枣果，是当年洛口镇上的两大特产。

清醋是因其色泽清淡似清茶而得名，吃起来略带甜味。济南人都爱用清醋拌凉菜或蘸饺子。拌凉菜其色不混浊，口感佳；蘸饺子其酸不刺口。

枣果是其学名，一般老百姓都叫它"枣疙垃"（取其土音）。原料极简单：面粉和枣泥。但烤制方法很特别。是用河流子（鹅卵石）铺成，下面点火将石子烧热，将枣泥馅小面饼放上烤熟即成。小面饼较薄，直径不过两市寸①。因烤于河流子上，小饼凹凸不平，吃起来焦酥嘣脆，甘甜可口，是一美味，也为国内绝无仅有之类。

原载山东省文史研究馆编《海岱寻踪》，收入萧乾主编"新编文史笔记丛书"，上海书店，1995年

---

① 1米＝30寸（市寸）。

儿时的娱乐

　　在 20 世纪 30 年代，没有收音机，更没有电视，一般玩的都是"土玩具"、"土游戏"。就说"跳房子"吧，在地上画几个方格，拿一块石头，就跳起来，没有伙伴，可以独跳。但多半都是两个人或更多人，因为这还有一种竞赛性质，看谁先跳完（一般是跳十个方格）。四季均可玩。到了清明节，就要放风筝了。风筝的种类可真多，小孩子都是自己扎最简单的"蛤蟆头"。一个大圆头，下面一个大尾巴，放起来也很过瘾。有时大人还可以给买个沙燕，或是画着一个什么人物的风筝，那就更美了。这时棉衣脱了，一身轻松，嬉戏在麦田里，沐浴在自然里，身心均健康。有时，光看着别人放风筝就很开心，五颜六色，各种各样，特别是大蜈蚣风筝，真是有趣极了。这种风筝，非小孩所能玩，放起来劲头太大。听大人说，有人将风筝绳缠在腰上，忽然起了一阵大风，把人都带跑了！这使小孩子有种畏惧感。咱还是放小风筝吧。有一次二伯给买了一个大人字风筝，我们都认出画的是三国魏将典韦，遗憾的是怎么也飞不起来。

　　天热了，到了夏季，多半是到城外护城河里去钓鱼。鱼饵很简单：用面粉和上点儿香油，鱼儿最爱吃，闻见香味就来了。钓上来的均是小条鱼。有时钓上来了，可又脱钩了，原因是鱼钩是自己做的，是"滑钩"，不像花钱买的，所谓"倒蓄钩"。这种"倒蓄钩"，鱼一旦衔在嘴里，可就逃不脱了。我们的张家大舅是钓鱼的

11

里手。他钓鱼讲究、正规。多半是在池塘里。选好地势，坐在小马扎上。先用四棱刀将池中的水草割掉，使水池中留一空间，然后用纱布裹一小包小米，下到其中，可以休息片刻，就等鱼儿聚来。这时才开始钓鱼。因距池水较远，他的钓竿都需用"接竿"（或称套竿）。需要耐心等待，鱼上钩了，钓上来了，我们拍手欢叫。钓上来的，可不是小条鱼了，多半是鲫鱼，少数是鲤鱼。每次的收获，总够得上全家人一顿饱餐。

到了秋天，玩蛐蛐，它的大名叫"蟋蟀"，用铅丝制的蛐蛐网捉蛐蛐，找到它们的窝，往里灌水，它就蹦出来了。有的小孩是撒泡尿（太不卫生），我们都不用此法。有专用的小泥瓦罐养蛐蛐，里面放上较好的黄土，再压平整。每天都喂，喂白菜叶、毛豆等等。聆听它们的叫声，音乐一般。最有趣的是斗蛐蛐，把两个蛐蛐放在一起，多半换上一个较大的罐子，里面泥土也较平整。两个一见面就会斗起来，它们似有好斗之天性，斗得很起劲，很勇敢，但最终总会见出胜败。败者回头就逃，而胜者必追，并展翅高叫。孩子们拍手为胜者鼓掌，得到极满足的快感。蛐蛐的个儿有大有小，斗前双方都须选择大小相同的来斗，才算公平。就像西方拳击运动会按体重分级一样。有的小孩"使坏"，斗前给蛐蛐喂辣椒，这样它斗起来就会很拼命，这一招我们是从来不使的。也有专卖蛐蛐的这一行业，种类多种多样，很有名的蛐蛐价格很高，我们是从不去买的。

到了冬天，我们就踢毽子。这是因为冬天穿上棉鞋好踢，又不脚冷，浑身暖和。女孩子玩的较多。我是跟姐姐学的。初学者是先拴上一根绳来踢，这样毽子跑不了。慢慢学会了，就看谁踢得多，多者为胜。姐姐踢得最多时可达七八十个。我们男孩子也就踢上十几个。毽子也都是自己做的。两个小制钱（中间有四方眼的），一块小布条，把数根鸡毛扎在一起，固定到小制钱上就成了。当时还没见到专业踢毽子的专家，人家踢成各种花样，像现今所看见的。踢毽子也是一种好的健身运动。

抖空竹，我们叫"放老牛"，恐与其嗡嗡作响的声音有关。平时见不到，春节时才有卖。空竹有大小之分。大小是依多少"响"为准。一般小孩玩八响的就可以。也玩过十六响的，太大了，很费劲。也有双头和单头之分。我们玩的均是双头，较好放。我们也就只放放而已，不会什么花样。也见不到像如今杂技表演的那么精彩。只会较简单地左右开弓，但这也不是一日之功。初学时也不很容易，时常摔在地上。我们家庭院中又是砖铺地，掉在地上次数多了，就会将老牛摔裂——就摔坏了。这样，再放起来就"摇头"，也就不嗡嗡响了。像这样摔坏的，就有好几个。怎么办？没有办法，只好等到下一年再买吧，因为平时是买不到的。这样的等待，使人不耐烦，时间一长，也就淡忘了。好在还会有其他玩意玩，如踢毽子、跳绳、下棋、打乒乓球等。

跳绳更简单易行。个人玩、集体玩均可。直到如今21世纪仍流行不衰。花样也真多。先谈个人玩吧。可以单腿跳，也可以两腿齐跳。可以原地跳，也可以跑着跳，还可以拐弯跳，还可以带人跳——当然此种跳就只能原地跳。集体跳，需要拉长绳，两人各持一端，跳的人可以不限，就看你的绳长短了。随着时代的变迁，绳也在变化。我们那时候，都是用麻绳，好点的用粗线绳，不拉手。当代就用塑料绳了，可到市场上去买，是专门为跳绳所用。

说到下棋，我们从小到大，种类是不同的。最初是在地上画数个方格，下四子儿棋和五子儿棋，棋子是用小石头，极简单，走不上几步，就见输赢。大点后就学着下象棋，又学着下军棋、海陆空三军棋。军棋是陆军棋。需要三个人玩：两个人下棋，一个人当裁判。棋子是向背的，对方看不到如何布阵，如何走棋，吃棋时，由裁判看是哪方胜。记得那是一个暑期里，我们都还是小学生。哥哥的同班同学，一个叫李豫的常到我家找哥哥玩。来了我们就下军旗，他俩下，我当裁判。每每都是李豫胜，时间长了，我们都不服气，想法非赢他不可。就出坏点子，我就"吹黑哨"了。在暗中我用手势告知哥哥。如指左、指右、向前、退后等等。从此，扭转了败局。这位同学在抗日战争爆发以后考进了军校，就再无消息。

我和哥哥都喜爱打乒乓球。那会儿的乒乓球现如今是看不到了。是带响的，球里面似乎是装了些沙子。球拍和现在也不一样，就是一片光板，上面还排列着几个小圆孔。球和拍均较普及，价钱都不是很贵，一般学童都能买得起。打球的地点就在我们家东屋里，算是我们家的客厅。把里面的一张方桌和一张圆桌排起来，就是球桌了。网子也简单，两端各放上半块砖，上面放一截竹竿。打起来好过瘾！规则记得是共打四个球为赢。双方打成三平。上小学时，学校里有这种设备，条件较此为好。有正式的球网，但球桌也不正规，是一大块案板做成。当时还没见过用横板的，绝大多数是直握拍。发球很随便，多种多样。技术方面，旋转球有了，也已分出上旋和下旋——所谓削球。还有抽球、大板扣杀、搓球。最有趣的是所谓"自来回"球（即是铲球）：对方发一个急快球，你就将球铲过去，球刚刚过网，可它就又返回来了。球速很快，对方来不及再去接球。也不知道这是谁先发明的，我们就称它为"自来回"球。当时所谓"变线"球也有了，这种球给对方一个出其不意，多半得胜。放短球也已形成。遇见一个对方跑得快的，你可就要被对方扣死。也有了直线球，这种球很不易打，可打上多半会赢。到今日较难解决的直板反手球，在当时几乎没人问津。那时打球全是自发，体育老师是不指导乒乓球的，体育老师只和我们一起打篮球，我想那时的师范学校的体育系，是不设乒乓球这一科的。

还有一些更简单的玩法，如拾子儿、弹杏核、翻绳、"我拍巴掌"等。拾子儿，多半是姐妹们玩，我们也参加。用几块较光滑的小石头，少者四五块，多者八九块，放在地上，往上抛一块，立马去地上捡一块，看谁捡得多。一般三两个人玩就可以。弹杏核，谁家不吃杏呢，把杏核洗净、晾干，有十几枚即可。两三个人坐下来弹杏核，我们家乡"核"不读"核"而读"胡"。一个人先把杏核抛在地上或桌上，选两个中间有缝隙者，用指头（多用小指）

在其中划一下，然后将一核弹上另一核，将两核拿出，就算赢了这两核。然后再继续如法炮制，如能将所有的杏核全拿走，就是最后的胜利。如果这个人犯了规，另一个人就接下去，再另抛余下的，最后看谁拿下的多，谁为头名、二名、三名，等等。规则是这样规定：在两枚杏核中间划时，不能碰到任何杏核，碰到就输，不能再继续，让别人来。玩的人多，杏核相对也要多些。但一定是双数。玩这玩意的孩子，常常是每人袋里都装着几十枚杏核。

翻绳这玩意，到如今还可以在某些家庭见到。也是女孩子玩的多，我多半是和姐姐玩，有时是和大外甥姑娘一起玩。为什么叫大外甥姑娘？因她比我大几岁呢。一根线绳就可玩。一个人先将系到一起的绳套在两手的中间三个指头上。互相交换穿过，然后由另一人去翻在自己的手上，看能翻几番，显示各自的巧手和智慧。这种游戏多半在冬季的炉边玩，安静、休闲。如今21世纪了，我这八十多岁的爷爷，还和小孙女翻绳呢。主动者当然是小孙女："爷爷咱们玩翻绳！"与前所不同者，仅是线绳换为塑料绳而已。

和翻绳相近，也是两人玩的"我拍巴掌"，根本不用任何道具。各自先拍自己的手，然后再交换着交叉着两人互相拍。这要有伴奏——两人均唱儿歌。一边拍，一边唱：我拍巴掌一月一，老太太好吃大烧鸡。我拍巴掌二月二，老太太好吃大鸭蛋。我拍巴掌三月三，老太太好吃块大猪肝……拍得两手火热方才停下。儿歌中的"好"字要读第四声。

再能记起的一种游戏，是推铁环。已多年不见，日前在电视里忽然看了一眼。也不知道是哪个频道，更不知道显示的是何地。铁环是一个较粗的铁筋所制的圈儿，有大有小，上面穿了数个小铁环，推起来哗哗响。推子也是用铁筋所制，一端弯曲成S形，使其嵌在铁环上推着走，可走着推也可跑着推。这种玩具多年不见，恐与我国缺铁有关吧。倒也是一种很好的健身工具。

这就是我少年时所玩的游戏。如今这些土玩意早已过时，或被时代所淘汰，但还有许多仍延续下来。对我个人来说，延续下来的有乒乓球。解放初期在北京或去上海都打过，甚至到了 20 世纪 70 年代也还打过。再就是抖空竹。80 年代，已经离休，并且也有了自己较宽阔的住房，就让老伴从北京给带回一个空竹。有一次玩时，老伴说抖响了就止住吧。我却不服老，一连抖了 50 次，可坏了，第二天右肘抬不起来了！上面说过，有时小孙女还要让爷爷给她翻绳玩。或是给她玩"我拍巴掌"。

民众教育馆的"化装讲演"

　　30 年代的山东省立民众教育馆，经常放映电影。我上小学的时候，差不多每逢周六或周日就去看电影。馆址是在鹊华桥附近的贡院墙根。离我家不算近，但也都是走着去。

　　在电影放映之前，总是先演一出"化装讲演"。顾名思义就是化上装在台上的讲演。或者说是化上装的"说教"，当然，这并非贬词。因为"说教"得好，有剧情、有人物甚至还有"高潮"，完全就是一出独幕话剧。观众每每看得津津乐道。那么为什么不叫"话剧"而叫"讲演"呢？也许当时话剧在我们北方尚未兴开，不为大众所知吧。"讲演"之内容有"吸烟的害处"、"赌博之恶果"之类的"劝善"道理。观众花上一毛钱去看电影，又白看一场"化装讲演"，受到双重教育，在当时是既经济又实惠的。我当时常去看还有一个原因，就是去看一个长篇连续剧《荒江女侠》，简直入迷，不看不快。

　　主持这种"化装讲演"的是戏剧家阎哲吾先生。他是扬州籍，一口扬州味的普通话。他是 20 年代南国社的成员。抗日战争时期曾任国立戏剧专科学校教授，是笔者学习表演的一位启蒙教师。解放后曾执教于上海戏剧学院。1988 年逝世于上海，终年八十余岁。

1995 年初稿
2010 年修改

王泊生先生的实验剧院

　　30 年代，也就是抗日战争以前，北平国立艺专毕业的王泊生先生主持山东省立剧院。抗日战争爆发以后，这个剧院南迁，到了战时的陪都重庆。剧院易名为实验剧院，院址设在山城的大樑子。另有实验剧场，设在黄家垭口。主要演出京剧，挂头牌者是著名程派演员赵荣琛，另有林贵荫、铁铮等。王泊生先生是以歌剧《岳飞》中的主演而闻名的（当时我觉得这出歌剧昆曲韵味十足）。

作者 19 岁

　　剧院还设有一个管弦乐队，一个话剧团，由著名导演万籁天主持并导演，经常上演话剧。演员中有白玲、田荆（即田广才）等。

　　1939 年冬季，实验剧院曾招考了十数名学员，专攻歌剧专业。当时国立剧专不在重庆，我只好暂时考入实验剧院。这里的师资雄厚，均为著名音乐家，有张洪岛、蔡绍序、郑际声、李元庆、黎国荃、洪达琦、朱崇志等。著名男高音声乐家蔡绍序就是我的启蒙老师。我也曾在《岳飞》一剧中跑过龙套，也在剧场中服务过。我们的班主任是院长的夫人吴瑞燕，她教我们化装，是个和蔼可亲的老太太。以后代替她的是一位刚刚从法国留学回来的李剑晨老师，是位画家，解放后曾任中央大学的绘画教授，他还曾给我速写过一幅肖像。

　　我一心想学话剧，所以只待了半年就考入了国立戏剧专科学校。

1985 年初稿
2010 年修改

关于我的姓名

我本姓王，小名叫小龙。因为命相说我缺水。但不知为什么一直给写成小荣了。

我们兄弟们排行都是"宝"字辈，因此，我的大名就叫王宝荣了。这个名字，一直叫到小学毕业。

父亲去世后，"点主"的先生把我的名字改成了王宝镛。不知道是什么原因，我自己是这样解释的：因为我的哥哥叫王宝钟，这位先生为了和哥哥的钟字统一为"金"字旁，所以改为镛了。岂不知，大钟为镛，我不成了哥哥吗？当时，我们都是小孩子，母亲也目不识丁，谁还管这许多；何况"点主"的先生又都是被请的"贵人"呢。

上中学的时候，一位会计先生，不知在一种什么情况之下，给我写成王保庸了。他是不是觉得宝和镛二字笔画多，难写呢？（因当时还没有简体字，宝字是这样写的："寶"。）也未可知。这个名字

作者32岁

一直用到中学毕业。毕业后，觉得这个名字不好，我自己从字面理解它为"保守中庸之道"，自觉很不进步。和刘方同学一块研究，改个"时尚"、"进步"的名字吧。想来想去就改成了王开时。不是"七君子"里有一个王造时吗？开时，开时代之先锋，多么"豪壮"呵！就是这个名字，用了五年；上国立剧专时，一直用着。等我到解放区时，为了不连累在大后方的亲友，必须再改名字。当时我也有意去昆明这个"民主革命圣地"，不但有这样的政治背景，地理环境也很好。我只觉得那里四季如秋（秋高气爽），街道上的树也是内地少有的法国梧桐，名叫尤加利树，也是一种很美的树。因此，我就改名叫尤加利了。好在"百家姓"中也有这个尤姓。可也觉得有点"洋气"，洋气就洋气吧，干脆签名也就用上英文。这个尤加利，一直用到中原突围以后，也正是用这个名字参加的共产党。真是意义匪浅。

中原突围以后，到了华北地方，当时正在轰轰烈烈地大搞土地革命，我更觉得这个名字实在太"洋气"了，大有脱离群众之感，赶快改个"土"一点的名字吧。当时，在身边的一位路深同学，帮我起了一个田村的名字，很"土"。我觉得并不合适，因为有位大学长叫江村，已经是一位名演员了，我不要"趁火打劫"。可是田字可以保留，为了不辜负同学的好意，村就改庄吧，好在村、庄是同义。这个名字得天独厚，就一直用到如今。可是这个田庄在"文化大革命"中却受了一场大灾，成了"假党员"。

说到这里，还有一个笑话。解放后，我把母亲接到北京。同事都称我母亲为"田老太太"。回家后，母亲笑着说："人老了老了，又嫁给姓田的了！"全家大笑。

2010 年 9 月 25 日上午

妈　妈

今日是 2002 年 2 月 18 日（农历正月初七日），是我妈妈 116 周年诞辰日。妈妈已过世 43 年了。她实际在世是 73 年。今年春节阿正回青时还告诉我，每年清明节前后总去给奶奶扫墓。自己还携带一把笤帚，亲自将灰尘打扫干净，拔去附近的杂草，还请人将墓碑的刻字重新用红漆描过。阿正是奶奶亲自看着长大的，当然很疼爱。阿正自幼极懂事，对奶奶也是极其孝顺。

妈妈王张氏，大半辈子没有名字，到了晚年才由她的弟弟——我们的三舅，给她起了一个名字——张桂高（桂自然是贵的谐音）。

妈妈生在一个封建家庭，她上有一个姐姐，下有一个妹妹和弟弟。在女儿中妈妈排行老二，所以三舅呼她二姐姐。

妈，自幼我们就这样叫。妈可称得上贤妻良母，虽出生在封建家庭，但是很"开明"。印象最深的是抗日战争时，我和哥哥随学校南迁的事。我们当时都在山东省立济南初级中学读书。七

作者的母亲（摄于 1958 年）

七事变后，孙东生校长就决定迁校，学生随校迁与否自行决定。我和哥哥毫不犹豫地决定随校南迁，理由很简单：不做亡国奴，也不愿放弃学业。再就是家庭这一关了，妈却也是毫不犹豫地答应了。她也不愿孩子留在家里当亡国奴。由于我们弟兄俩同时离家，街坊邻居都很担心。尤其是同学们的父母，都劝我妈留一个在家，别两人都走。妈只说：随他们去。这样一来，有些父母也就同意自己的孩子随校南迁了，有邻居陈家的孩子，还有其他如褉家的孩子。还有一件是关于剪发的事。北平解放后，我接妈到北京。不久她就不再梳髻，剪发了，当年已经七十岁的人了。这一举动影响到我的岳母，岳母见七十岁的老太太都剪发了，她六十多岁的人也就剪了。两位老人相对而笑："解放了！"

母亲（前左）、二伯母（前右）、妹妹郁兰（后左）、二姐郁枫（后右）、外甥杨承光（中）

母亲和二伯母（右）

母亲之墓

爸　爸

爸爸已经去世七十年了。他 1876 年（清光绪二年二月二十五日）出生。1930 年（民国十九年七月十一日）去世，享年 54 岁。

他名寿昌，字星三。弟兄三人，我的大伯父名福昌，二伯父名禄昌，是福禄寿三星之意，故而爸爸的字为星三。

对爸爸的幼年我是无知的。他常年住在外面，职业是所谓"跟官"，即给做官的当差。爸爸跟的官即吴三大人。爸爸是三大人的秘书兼做吴家账房（或大管家）。吴是满人，属清之遗老遗少，官是捐来的县执事。好像民国后即不再做官。爸爸跟他在"河工"上做事。"河工"指黄河工程，具体部门是"黄河河务局"之类的衙门。记得翻看爸爸的文书材料，他似乎是常去鲁西南的菏泽、河北的濮阳（今属河南）一带的河工上出差。记得当时他常年在木船上生活。有一

父亲

次他的假牙泡在碗里，服务员倒水时将他的假牙倒入了河中，害得他一时吃饭甚为不便。

哥哥说爸爸纯属"书生型"，不擅理财，似乎跟他的工作迥异。他擅书画，至今他留下的还有一部《芥子园画谱》和一部木刻版的《三国志》。《三国志》这部书从头至末，均是他亲自用朱红圈点的（原书无标点）。他作画是无师自通的，似乎《芥子园画谱》就是他唯一的老师了。他主要是画花卉。我

父亲和大姐玉秀

见过的有水仙、牡丹、菊花和唯一的一只仙鹤。他的画，均题"痴僧"为艺名。他的字多是从他的藏书上的签字看到的，再就是小时写给我的字帖上的。先是教我们"描红"："一去二三里，烟村四五家，亭台六七座，八九十枝花。"后是教我们描字帖，他写的多半是唐诗，记得有这些：孟浩然的《春晓》：春眠不觉晓，处处闻啼鸟。夜来风雨声，花落知多少。李白的《静夜思》：床前明月光，疑是地上霜。举头望明月，低头思故乡。王之涣的《登鹳雀楼》：白日依山尽，黄河入海流。欲穷千里目，更上一层楼。贾岛的《寻隐者不遇》：松下问童子，言师采药去。只在此山中，云深不知处。金昌绪的《春怨》：打起黄莺儿，莫教枝上啼。啼时惊妾梦，不得到辽西。杜牧的《秋夕》：银烛秋光冷画屏，轻罗小扇扑流萤。天阶夜色凉如水，卧看牵牛织女星。爸爸写在方格里，写得工工整整，我们用竹纸隔着写。再大些，就给买了法帖照着写了，叫做"写仿"。给买的字帖有柳公权的《玄秘塔碑》和颜真卿

的法帖。名字记不清了。

家中各室和各种门联，虽不是他所写，恐怕也是他策划的，如大门的楹联是：姚江学派，辋水画图。这是说的两位历史名人以壮王氏家族声名的。姚江学派，又称王学，是指明朝大政治家和大学者王守仁，即王阳明的学派而言。王主张"知行合一"，他是姚江派学者之祖，余姚人，世称阳明先生。辋水画图，是说唐朝大诗人及南派画家之祖王维，他曾置别业于辋川（亦称辋谷水），在今陕西蓝田县南，他晚年居此，过着亦官亦隐的生活。作品主要为山水诗画，通过对田园山水的描绘，以抒发性灵，具有独特成就。又如东屋一副对联：山云入户琴书润，海月临窗几席清。另一条幅，是极洒脱的行草字，写的是柳宗元的一首五绝——《江雪》：千山鸟飞绝，万径人踪灭。孤舟蓑笠翁，独钓寒江雪。这些均表现出爸爸是一个文人气质的人，甚爱文学，这对我们兄弟的影响是很大的。

慈祥的爸爸对我们从不打，也不骂，但只有一次我被打，是终生难忘的。忘记是几岁的时候，借了老师五个大铜板买地瓜吃，爸爸知道后，狠狠地打了我一顿。从此，我这一辈子再没有借过别人一分钱，也没借过什么东西，唯一所借的，是亲友的文学书籍，看完即还。

爸爸离开我们的时候，我才十岁，他也才刚过五十四岁。究竟是得什么病死的，至今不知道。记得那是1930年7月，二伯父是闰六月刚去世，兄弟俩仅隔个把月。他们兄弟感情至深，大伯父去世后，其子闹着分家，他们却不分家，仍在一起过。二伯父去世后，爸爸觉得简直是无法过，好像失去了一切似的。到了当年的秋季出丧，前后两个灵柩，我和哥姐妹四个孩子哭泣，街坊邻居无不涕哭。

爸爸还是一个佛教信徒。在我们庭院的西北角，有一个小北屋，是我们家的佛堂。主要供奉着观音菩萨。这个佛堂较黑暗，我们孩子一个人是不敢进去的，觉得阴森可怕。每到初一、十五都要烧香，爸爸还会念金刚经。妈妈中年时期是多病的，每每夜晚我们都睡了时，爸爸就跪在佛堂念金刚经，是为了给妈妈消灾祛病。"五三"惨案时，刮着黄风，爸爸白天也都念经了，这给我印象极深。爸爸还会"扶乩"。两个人在一个盛沙土的大木盘中，用一个箩圈上面系着木筷子的东西，在沙土中书写所谓"乩"文。供着什么神仙已记不得了。所求的问题，均在"乩"文中显示出来。这多半是求神为病人（多为妈妈）开出药方的。和爸爸合作共同扶乩者是我家的一位至亲李大爷。有一次"扶乩"时说是济公活佛到了，还说所供的酒，"酒香酒香"［这酒是妈妈平时喝的白酒，入冬后总是在酒中泡上金枣（即金橘）］，当时哥哥也在场，还将哥哥收为济公活佛徒弟，好像为我们家增添了多大的荣誉。

我的亲生母亲是续弦进门，前面尚有于氏、吕氏两位母亲。爸爸去世后，是和两位母亲合葬的，墓地在济南市东北的丁家庄，距市区较远。出殡那天我是去过的，以后再也没去。解放后一次回乡，本想去扫墓，可是姐姐没让去，原因是解放初期，墓地边远偏僻尚不安全。妈妈去世又葬在北京，这样就再无为爸爸扫墓的机会，留下无可弥补的遗憾。

2002 年 2 月 22 日

我的爷和娘

我的大伯父去世较早，才 59 岁，据说害的是"牙疳"病。他的儿子王宝善（我的堂兄）闹着分家，就分出去住了。我父亲和他的二哥（我二伯父）却亲密无间，并不愿分家，仍然同住。父亲对他的二哥，真是做到了俗话说的"有父从父，无父从兄"。

我们小时候，叫二伯父为"二大爷"。由于这三个字不方便，就简称"爷"，这样，二大娘（二伯母）也就简称"娘"了。当然，并不做"母亲"解。

爷、娘对我们这些孩子是很亲的，我们这些孩子（姐姐、哥哥和妹妹）对爷、娘也都很亲热。

爷是我们家的大管家，一家之主。据说年轻的时候曾办过"盐务"，聚资颇深。比如在穆家花园、芙蓉巷的大百货店均有投资，并且在老东门里还与另外两家合资开了一个叫"合兴"的酱园。爷年老了，在家赋闲，养花、喂鸟。鸟是一只叫"碧玉"的嫩黄色的小鸟，叫起来好听极了。有时候他还拉拉胡琴。我们全家都信佛。小北屋就设了佛堂，初一、十五均烧香。爷、娘、父、母，都是善人，行善多。我家有一个传家的秘方，专治疟疾，这是药面，是免费施舍的。（全国解放后，我的姐姐曾从济南带给我这个秘方，可惜在"文革"时失落了。）

我家庭院不算大，原有两棵树，一棵是酸果树，另一棵是丁香树；后来又栽了一棵石榴树，三棵树庭院就满满的了，又有一些四

母亲和娘（右）

季海棠、凤仙花、吉祥草、万年青。后两者，常常有人借去，办喜事用来装盒子（这是济南的一种习俗，姑娘订婚时，送男方的礼盒中所用的吉祥物）。穆家花园四季总送些花卉，二门里总有四大盆柳叶桃（夹竹桃），开单瓣朱砂色花，说这与开复瓣粉红色的柳叶桃大不一样，这是名贵品种。四季都有花送来，有迎春花、红色白菜，还有各色菊花、梅花和水仙，等等。

合兴酱园的油盐酱醋供应方便，只是那个百货商店，记得在"九一八"以前就倒闭了。只拿回家一些宜兴瓷器，如糖罐、帽筒等，无大用的东西。

记得有一年的重阳节，爷带我和哥哥去登千佛山。当时我们好像还是学龄前的孩子。吃过午饭就出发了。先是走到南城门买一斤糖炒栗子（说这里的栗子炒得最好）。他老人家在山上的茶座喝茶，我俩吃罢栗子就满山遍野去跑，有一次还跑到后山去了，觉得后山比前山更好玩。一直玩到太阳落山时分，我们方下山。爷在前面走，我俩跟在后面，是要进城到大明湖畔，一家叫凤吉楼的包子铺吃包子，听说这家的包子很有名。可是我俩太累了，俩腿都不听使唤了，也没坐车（洋车），也没车坐。天黑下来了，好歹算是到了包子铺。我素不吃肉，给我要豆沙包，豆沙包总是先来，我吃饱了，就出去玩。外面就是曲水亭，有水池，池中有鱼，挺好玩。我玩够了，爷和哥哥也吃饱了。这样，我们也就得到了好好的休息，走在回家的路上就轻松多了。

1929 年爷得了病，一冬天吃不下饭，后来越来越重，硬食不能吃，喝小米粥，喝下就呕吐出来，俗称"倒食病"，请了多位大夫，吃中药，均不见好。卧床不起数月，拖延到 1930 年 6 月去世。享年 60 岁。

说来像神话，父亲一向视兄如父一样尊敬，并以兄为靠山（因为他完全不管家务），爷死后一个来月，于 7 月 11 日，得了一场急病也去世了。"跟着哥哥走了"，大家都这样说。同年腊月发丧，两口棺木一齐出门，两位寡妇，四个小孩。最大的女孩——我的姐姐也刚十三岁；最小的女孩，我的妹妹才只有四岁。此景此情，邻居们无一不落泪。

我的娘，娘家和我母亲娘家同姓张。一辈子只有姓，没有名。她生下的唯一的一个女儿名玉秀，是我的大姐姐（堂姐）。娘是位慈祥的老太太，笃信佛，曾去泰山烧香拜佛。一位小脚老太太，虽然是乘火车到泰安，在当时那个条件下，也并不是一件容易事。她除了烧香拜佛，还爱打牌（麻将），爱看京戏。正巧离我家不远的按察司街南口就开了一家戏园子。往往都是夏天夜晚，娘带我去看戏，因戏园子是露天的。为什么只带我去呢？一是我也爱看戏，哥哥却不喜欢看京戏；再是姐姐虽喜欢看京戏，因为要帮母亲忙家务也不能去。妹妹呢，她年纪小，去了就打瞌睡。

这个戏园子在济南算是最普及的了，请的主角还不错。主角是位男旦，艺名绿牡丹。唱念做均不错。票价还是比较便宜的。

晚间散了戏已经十一二点了。我家住的东城墙根没路灯，是黑暗的，石板路也高低不平，我总是搀扶着娘慢慢回家。次日，娘总会对母亲说:"小荣(我的小名)挺乖,扶着我,是我的一根拐棍(手杖)呵!"我听了这话,暗暗地高兴,帮娘干活就更勤快了。

娘和妈这对妯娌,关系极亲密。娘叫妈三妹妹,妈敬这位二嫂如婆婆。我想,这与父亲和爷的密切关系是相连的。

自从七七事变后,我离开了家,也就离开了娘。新中国成立后,虽然也见过娘,但那是极短促的见面呵!

娘晚年一直住在大姐家。1960年,大姐先她而去,没过两月,娘也跟她而走了。娘比爷小九岁,享年81岁,是当年我家最长寿的。

娘和爷我一直怀念着,永远怀念着!

2009 年 11 月 22 日夜

我的两个舅舅

我有两个舅舅——一个姓张，还有一个也姓张。两个人虽然姓氏相同，但是性格各异，他们对我的影响也是迥然不同的。

我叫他张大舅的，却不是亲舅舅，算是叔伯舅吧，他是我二伯母的兄弟。这位张大舅个子挺高，依现在的尺寸，约有一米八以上吧。所以我背地里都呼他为"大个子舅"。早年他大概是在德州供职。有一年冬天，他从德州回来，戴了一顶很大的貂皮帽，还送我们扒鸡，印象是深刻的。他晚年在家赋闲，并不经常来我家走动。有时来了，待的时间也不长。见到我们父母，总很恭敬地叫"三哥"、"三嫂"。1930 年当我们二伯父和父亲相继去世后，由于请他来我家操办丧事，我们的接触才多起来。当时我和我的哥哥年纪小，还在念私塾。课也停了。正是秋天，我们玩蟋蟀，养了不少。这位张大舅也伴着我们玩，给了我们莫大的辅导。显然他是借此转移我们的哀思。现在想来，我非常感激他。

首先，我们有一批养育蟋蟀的上好的陶瓷罐。那是二伯父从一家大百货商店取回来的。他曾是这家合资经营的商店的股东。蟋蟀的来源也颇丰：旧东司衙门的草丛堆、新东门外护城河沿岸的瓜菜地、绵延的城墙根。筛选也是严格的。小的不要，除非它的声音特别洪亮。我们精选出个大、色润、鸣叫响的，给它们起名叫"玉翅"、"赤首"、"白带"……吃的除一般青菜外，还有青豆、奶，甚至蟹肉。每天让它们角斗是一大乐趣，胜者更加优待，败者淘汰。因此，我们就"王婆卖瓜"，养育下来的均是"常胜将军"。这一个秋天，的确给了我们极大的欢乐，解除了无限哀愁。

遗憾的是最终我们和这位大舅有了隔阂。原因是我们和二伯母并没有分家，觉得二伯母对他的周济太过头了！

我们那位亲舅舅呢，他排行老三，故而叫他三舅。他是个"学而无用"的人。有学问，又精明，但一生从未供过职。坐吃山空，穷困潦倒一生。我是非常同情而怜悯他的。

我这位三舅，见面总是夸我、疼爱我的。他常常查看我的习字（所谓"大仿"），说我字写得俊秀，有灵气。同时看哥哥的字，他不夸赞，我感到很是惭愧。他很会给我们示范。我当时学柳，哥哥学颜（是爸爸给我们买的法帖）。可他每每写的却是道地的王羲之。他教会我写藏锋、中锋、偏锋，给我讲"蚕头燕尾"、"横平竖直"。他的字写得很好，我非常羡慕。由此看，他是在私塾里下过工夫的。

我的母亲排行老二，三舅唤她二姐姐。他们姐弟感情甚笃。母亲常恨铁不成钢地埋怨："聪明一时，糊涂一世。"

我的两个舅舅，同是瘦瘦的，只是一个高来一个低。一个叫张东峰，一个叫张希之。我们家的亲戚并不多，但他俩在我孩提的印象里是深刻的，直至我晚年忆起仍是清晰可见，记忆犹新。

1987 年 7 月 16 日于市立医院九楼病房

李 大 爷

李大爷就住在东城墙根南街，我们两家的街道中间只隔着一条运署街。因此，互相来往非常方便。

我们两家是至亲，我的奶奶和李大爷的母亲是同胞姊妹。

李大爷名祯祥，那时他也就是五十上下，中等个，常常面带笑容，和蔼可亲。他是一位中医，以此为业。多半的病人都是登门看病，也有请他出诊的。凡请出诊都是乘洋车（人力车）去。他很忙，足见医道之高明。

李大爷是我家的"家庭医生"，我们家里凡有病情，均请他来诊治，随请随到，绝不拖延。记忆中好像为我看病的次数最多。因为小时候我最爱吃零食。家中有一棵酸果树，每年夏秋开花结果，刮风下雨时，就摔落很多果子，我就捡着吃，也不懂得讲卫生，这样一来，立秋以后，十之八九就闹痢疾，这就要请李大爷来看。记得有一次给我开的药方中，有一味黄连就开了五钱之多，这可是少有的。他亲自对家人说："小荣（我的小名）的肚子硬，开这多无妨！"服药后，果然痢疾痊愈。

他和我父亲真是志同道合，也是一位佛教徒，能行善事。他给人开药方用的是一种雪白的绵纸，上面印着红色的字迹："敬惜字纸，儿孙必昌；能行善事，病化吉祥"。他也是我父亲"架机扶乩"的助手。母亲体弱多病，父亲常为母亲"架机扶乩"，以求平安。记得有一次扶乩时，说是济公活佛到了。大家都知道济公活佛爱喝酒，赶快拿酒来上供。幸亏母亲常备有酒。正是冬季，母亲在酒中泡有金枣（即金橘），他马上言道："酒香！酒香！"真是喝了个不亦乐乎！当时我的哥哥也站在一旁，济公活佛言道收我哥哥为徒弟，好像是为奉酒的答谢，哥哥无可奈何，也只好下跪三叩首！

李大爷有一胞弟，名振清，我们叫他振清二叔，他是一位清秀的长者，不知何故一辈子没有成亲，当然无儿无女，这就使他对我们几个孩子倍加疼爱。李大爷却有一男二女，大女儿早已出嫁，但夫妻感情不和，曾一度闹离婚。那个年代听说闹离婚是一桩极不寻常的事。他的老二是个男孩，名叫玉华，曾在青岛四方当小学教员。小女儿玉俊，这位表姐，长我们一二岁，常和她娘——我们的李大娘到我家来玩。李大娘是我二伯母的"牌友"——她们均喜打麻将。

我和哥哥爱打乒乓球，这在亲友中还是独一份。打得还不错，在亲友中是小有"名气"的。有一次他们专门让我俩到他家去"表演"了一场。当然被盛赞了一番。

也不知是何缘故，晚年的李大爷却搬了家，住到了较远的西城门附近，那时我的父亲已经去世。有一天忽然听到李大爷得病的消息，母亲特为此做了银丝卷和糟炒里脊丝让我送去，这是李大爷最爱吃的，也是母亲的"拿手"之作。又过了一段较短的时日，噩耗终于传来，李大爷驾鹤归西了！

我们均未成年，没有作最后的告别，也没有参加葬礼，更没有道声"安息吧，李大爷！"

2011 年 1 月 21 日

大 伙 计

在我童年的记忆里，我家前后共雇用过男帮工四五人。这个大伙计是最早的一个。为什么都是雇用男帮工呢？因为除了做饭、打扫庭院，就是挑水。我家的水缸，每天要挑进两三担水，这可不是一般女人能干的活。那时，我家还没有自来水，恐怕全济南有自来水的人家也不多。挑水，要出新东门外护城河去挑，到护城河的路程也不算近，出去新东门，还要下一个大坡才到河边，每天挑水还必须在上午十二点钟以前，这是市里的规定。在这时间内禁止沿河人家洗衣洗物，以防污染。看来当局环保意识还是很超前的。因为这还是八十年前的事呢。

我们这个大伙计是有名字的，姓李名升。只是我们父母一辈称呼他李升，我们孩子们却叫他大伙计，不直呼其名，是有些亲切意味的。当时他也就是三十来岁，已经有家小了，黑黑的是个五大三粗的汉子，脾气很好，朴实又憨厚，和我们全家很友好，尤其是对我和哥哥。茶余饭后和我们一块玩，也和我母亲拉拉呱（聊天）。那时我和哥哥都还没有上学，还是学龄前儿童。大伙计却给我俩起了名字，哥哥叫王志谋（哥哥很聪明），给我起的是王志好（可能觉得我更好玩吧）。不但起了名字，过了些日子，还拿来两盒名片。大红色的，我们当然很喜欢。从此大伙计就叫我们志谋、志好，显得更加亲切了。长大一些以后，才听说大伙计来我家以前曾在一家印刷所里工作过。

　　大伙计何时走的，已不记得，他走后还来家看过我们一次。现在，大伙计你还记得我这个志好么？我倒是还记得你这个大伙计呀！

2011 年 6 月 15 日于北京

我记忆中的卢芳

我记不起他是我家第几个仆人了。可是他给我的印象，在我的记忆中是一生都不会忘记的。

孩提的时候，他就使我觉得他是一个稀有的"宝贝"。他像一棵耐老的松柏树，因为自从我脑子里有了他的影像起，一直到我五年前（1937 年）离家的时候，他看起来丝毫没改变、没显老。在家中，年幼的我和妹妹跟他开玩笑，未出嫁的二姐跟他开玩笑，顶老的外婆也时常喜欢跟他开玩笑。家人如此，亲戚、邻人也无不如此。

一闭上眼儿，他就出现在我面前了：矮小而结实的身材，从来就没病没灾。明亮的、有秃疮瘢的小脑袋，终年像是新剃了的，恐怕再也不会生毛了。因此，那秃疮瘢的小白碎花很显明地露在外面。可是外人却轻易不会看得见，因为它四季都是被掩盖着的：冬天是一顶毡帽头，春秋是一顶"小瓜皮"（帽），夏日却换上一顶破草帽了。这些，他无论工作、吃饭甚至睡觉都不肯脱掉。人们都很稀罕，便趁他不备，从他背后将他的帽子猛地掀开，大喊着："看呵！五十烛的电灯泡！"如果是个大个儿，还拍打着他的头叫喊："秃子头，打三瓜；光长毛儿，不长疮儿！"于是他便拼命地抱着头去抢夺那顶帽子。这种把戏很普通，不分昼夜、不分季节。因此即使严冬也不会弄得感冒，"习惯成自然了！"他自己有时也得意地这么说。还有那两只光芒锐利的小眼睛、紫红的面皮，以及小鼻小嘴小耳朵，它们也都是紫红色的。小嘴中间还嵌着突出来的黑门牙，而且是很少不带微笑的——一种被工作的担子压疲倦了，休息过后的满足的微笑，是常挂在唇间的。冬天，是穿着他的"五根领"：靠身穿着两件夏日的白粗布单衣，外面是春秋穿的黑粗布夹袄，再外是蓝粗布的厚棉袍，最外是一件属于四季的蓝粗布大衫（大褂），因为常洗的缘故较棉袍浅了些颜色（呵，我们卢芳还是一个干净人物呢）。这"四季衣"套起穿，就叫"五根领"。人们开他的玩笑，因为五件衣服领纽不全扣，层层的异常显明，又因为家乡的习俗，给死者穿寿衣单棉共五件，故称"五根领"。因此，对这种称呼，他是十分厌恶的。然而，他脖下那块皮肉却跟着变了质，和面皮一样经得起风吹日晒，不怕霜不怕雪的。那"五根领"虽是天天穿在身上，可是天天仍很干净。这种保持清洁的绝妙技术，是人们都猜不透的。

奇怪的是人们从不晓得他的年龄。是他自己不说呢，还是自己也不知道？如果是自己知道又为什么不告诉人呢？

人们问起："卢芳你多大年纪啦？"他便开始摇摆着脑袋，但这并非回答"不知道"的意思。这是他惯常的一种动作。外婆说，喝冷酒吃猪尾巴，年老了就如此。然而对这句话我很怀疑，因为我常偷着一个人去看他在厨房里吃饭。他虽常以猪尾巴下酒，可是酒却无一次不在开水里烫过。随着他头的摆动，脸面上便会露出一种似笑非笑的、似哭不哭的表情。在这使他对问话难堪的一刹那，有人就代他回答了："二八了！"人们大笑，因为看他的面貌五十总有了。他自己也松一口气，解了围。有时替他回答的却是"卢芳的年纪是十七、十八，加六岁呀！"另一个在旁帮腔："整四十一岁呵！"他便突然换成一副不高兴的样子。他向来是忌讳人家说这类嘲弄话的——谁不知道四十一岁是走"王八运"呢！孩子们一面笑着，一面以手做成四条腿带伸头的形状，放在他背上乱爬。因为他矮，孩子们爬他的背是很方便的。

他的姓是否是"卢",也还成问题。名更不消说了。他自己也不清楚。人们都这样很自然地称呼他,他也就这样很自然地答应了。哪一位赐给他的名,哪一位赐给他的姓呢?日子已久谁也不去追问。根据这名字总能约略推猜出他是老大,因为人们知道:"五鼠闹东京"的排行老大,不就是大爷卢方吗?

他不识字。连他的姓名也弄不清爽。说他不识字,他是承认的,但要说他不识自己的姓名,这却是一个莫大的侮辱!人们为要证实起见,就写出他的姓名来让他认,他顺口答道:"卢芳。"他很高兴。有时人们故意写两个无关紧要的字说:"卢芳,你认识你的姓名吗?""当然!"他恳切地答。"那么这两个字是什么?"他答:"卢芳。"人们哄堂大笑。原来写的是"王八"二字。他发觉后,从此再也不肯识字了。

他儿时的命运是很惨的。据他自己说,从他能记事起,就没有父母照管了。至今也不晓得父母是谁,更不知道他们的下落。那时还是前清,他是一个流浪的小乞丐,终日游荡在泰山(这就是他认为自己是泰安人的证据),靠着上山进香的香客们施舍的制钱和寺院师父们的残汤剩饭过活。这段儿时的记忆,每每述及时,他深陷的皱纹里就渗透出无限的凄惨,一种老天对他不起的冤苦咬着他的心。这时他喝酒红了的眼里便会莹出丝丝的水光,但是泪水却从不曾流出过。然而,就这样他还是对泰山有着虔诚的感恩。他说,幸亏是泰山娘娘的大慈大悲呀。记得有一年的春天,他还特地告了假,坐火车到泰山去进过一次香。以后他说到他跑到府地济南,由更夫、轿夫、泥瓦匠而侍从,渐渐地生活好起来,而得到了安宁,在他已是心满意足了。他从不妄想"发财"、"发福",也从不想到成家讨老婆,自然也就不希望有儿有女了。因此,钱挣多就多花,挣少就少花。顿顿饭有酒,不多饮也不少饮,可就是不吸烟。有时遇阴天无事,却爱摸把小纸牌。一毛钱摆在桌上,啥时输光,啥时算完。从没有赢钱,可也没多输。谈着这些,如果是夏日在庭院乘凉时,他就禁不住仰起头望望苍天。人们都明白,那是他衷心在感谢老天爷。

在他每种不同的生活里，都有一段动人而有趣的故事。说起来孩子们就静默地好好地听着，就像外婆讲"武松打虎"、"杨二郎担山"，以及"翠屏山杀和尚"的故事一样。也唯有这时是他的世界，孩子们也最尊敬他。

给我印象最深的是他更夫生活的故事。他讲着"十几年前"（在他讲述一件事情时，他总是先用上这一冠语。一来可表示他是"老前辈"，二来是表示他的经历广），他在东司衙门做更夫。那个时候，东司衙门比现时更阴森，老松树比现时更茂盛、更多。到了深冬的半夜三更，松树给风刮得呜呜地叫，比现时电线的声音还可怕。没有月亮，星星冻得也发抖。这时，粗大的松柏树后头，就传出声音，像一个少妇凄惨的哭声，或隐约模糊里发现一个穿白衣裳的、像个大圆筒的巨人。有时他手里敲着的梆子不知不觉中就会飞到半空中敲打起来。有一次，是个深秋的夜晚，大约十二点以后了，寒风中散落着冷霜，打得小灯笼被风熄灭。顿时，一团漆黑的冷潮包围住他。颤抖的手打着颤抖的梆子，没有节拍，也不清脆了。这一晚，他猜着要出事。幸好预先喝了不少酒。可是他万万想不到，常走的道路，此路不通了。他便伸手在黑暗里摸索，忽然觉得有一个巨大的动物在他的面前，他定神细看——哎呀！横在他面前的是一只奇大无比的毛掌！……孩子们听了急急忙忙地跑入母亲的怀抱。他却嘿嘿地笑着隐没在自己的卧室的廊下了。

卢芳，他的心地行为完全表现出是个忠诚的仆人。然而也有他的脾气。这种脾气是我在其他仆人中所不曾见到的。

我的堂兄是个性情暴躁的人，倘若有什么事所谓"得罪"了他，他就打骂仆人。有一次，就是为了一件小事，触犯了他的碧玉鸟，他就大骂一顿，幸好还没动手，可伤了卢芳的心。卢芳便向我的伯父辞差。伯父好言劝慰，对堂兄训斥了一顿，结果还好，他留下了。可是，从此以后，他再也不听我堂兄使唤了。他宁可请求我的伯父辞差。

这些都是我孩提时记忆中的卢芳。至今我每每想起故乡的家,也总是跟着想起他。如今他的情况怎样了?……有谁给我捎封信多好呀!

1942 年 4 月 11 日于四川江安

(在抗日战争流亡中)

狂飙集

她

　　说起来这已是将近六十年前的事了。

　　我们同在第二实验小学里读书。那年我在六年级，她在五年级。冷天过去，教室的门都敞着，隔院就能看到她坐在教室里。我们是同一个级任老师，他教国文课，当然也就由他教我们作文。我俩的作文都很好，老师将用红笔圈点的作文陈列在成绩窗栏里，有她的也有我的。有时老师也将我们写得好的日记陈列出来，无形中我们的情感就交流在这个小小的橱窗里了。

　　她是刚刚转到我们这个学校来的。也不知道为什么要转来，有一个同学曾说过为什么要转来，但是我无论如何也不相信。那时节"男女授受不亲"的阴影依然笼罩着大地，我们学校也不例外。因此我们没有机会接触。偶然有一次机会，我们相遇了："给我画张画吧。"她向我要画，因为她看到我的画陈列在橱窗里。这是一个星期六的下午，正赶上我们都在做值日，学校里没有多少人了。第二天星期日我在家里给她画了一张画。当时是用水彩，画了一个深蓝色瓷花瓶，插着一枝垂下来的牵牛花，紫色的（表示我这个牛被她这个织女牵住了）。第二天星期一，一大早就去了学校。等校门开了，我等在后院的桥上，给她这画时，全校只有我们两人。画就是画，没有上下款。是不懂写款？是不需要？还是为"保密"吧（可又有什么密可保呢）。

　　放学后回家，有一次我看见她走进街北头朱家的大门，后来才知道是她外婆家。这样不止一次她去姥姥家，这样也就不止一次我们走在了一条街上，可从来都是我在前她在后，或是她在前我在后。这年暑假快到了，我们毕业班已快结束毕业考。我们又在同一条街上相遇，她走近我说："放了假到我家去吧，除我母亲就有一个弟弟。"她的家我知道，穿过一条横街就是。可我一个暑假都没去。

假期中的一天，我从伯母的西屋出来，无意中一抬头——哎呀，她正站在城头往我们庭院中看哪！我简直不知道如何是好，这神情准是让旁边的姐姐看见了，但我们谁也没说什么。我很害怕，好像犯了什么大错。有谁想到呢，这成了远离故乡前的最后一面。

七七事变很快爆发了，我跟学校离家南下。在四川读书时，曾接到同班同学的来信，告诉我她已和她下一班的同学结婚，并生有一个女儿。后来又听说她的丈夫去世，女儿还是一个残疾。

北平解放后，她的弟弟碰巧和我一个工作单位，有一次他请我到他家吃饭，又和她见了面，童子军服早已换了旗袍，也抽烟了。离开后曾收到她一封信，还是毛笔写的。字里行间是要和我成立家庭，没有得到我的复信。后来听说随一位新丈夫去了新疆。80年代初仍是在北京，听她弟弟说她在喀什一建筑部门工作。

这是初恋。有甜也有苦，苦比甜多，它虽是淡淡的，却是深深的。

1995 年 6 月 20 日

"孤灯挑尽未成眠"

——忆离家的前夕

"走吧，走是最痛快了。"

昨天从学校跑回家，还跟母亲这样说，今天就大不相同了。

北国冬季的日子是短促的。这一天觉着过得尤其快，刚才斜阳还照在东墙，不一会儿已经上灯了。正是雪后初晴的严寒天气，外面的西北风吹得电线直叫。

妹妹出外买棉花去了，母亲在等着给我缝棉被。本来我的被褥足够盖的，母亲却说："到外边去没有火炉呵。"二姐吃过晚饭就回房去了，她有病，忙了一天，母亲让她早歇着。

家人都为我而忙着，别离的哀伤似乎是忘却了。而我却被一种什么心情咬住心。沉默一天了，现在依然沉默着。我细细地观察着家里的人，家的每个角落，觉得家是越发温暖了！十几年来，从来没有过这种感觉——什么时候再回家呢？

桌上《华北日报》的标题大字映在我的眼里，我仿佛就听到黄河岸轰隆的大炮声。是的，什么时候再回家呢？这才是抗战的初期。我百般暗示着这个别离是长期的，然而，母亲是不相信的："横竖得要回家来过年呵。"听了这句话，我就低头了，我不再说别的。只有这，才给母亲一点儿安慰呵！

"睡去吧，明儿还要早起。"

母亲把被面铺在地席上。地是冰冷的。

"等妹妹回来呢。"

二姐（右）和妹妹

1955 年在北京与母亲、二姐郁枫（左二）及外甥颜济生（左一）

一会儿，妹妹从外面提着棉花回来了。手脸冻紫了，脸上现出不安的神情，叫了一声"妈"，是带哭的声音。然而，她没哭。我暖着她的小手，冰冷的。她睁大了眼睛望着我。前街口那条漆黑的小巷，妹妹一个人是从不敢走的，她的不安是毫无疑义的。

自从妹妹听说我要走，她好像受了刺激。这一天，我感觉到她仿佛增长了不少年纪。她一天没去找小五玩；中午太阳正可爱的时候，小庆子跑来，喊她踢毽子，她低声告诉他："三哥要走啦。"她特别乖，因此，她帮母亲做了不少事，和玩了一天同样疲倦："妈，我自己去睡觉，我不怕。"隔了一会儿，忽然又喊着："妈，明儿早叫我呀！"

母亲戴起老花镜，费力地纫上针缝被了。

钟敲了十二下，外面的风似乎又大了。母亲忽然望着我："睡去吧，天不早了。"

我的沉思被打断，我立起身，又待了一会儿，走出房。风吹得我打了一个冷战，接着一个喷嚏——"忘了戴帽儿呵！"母亲有些发急地轻声喊。

繁星撒着寒光，房上没融化的雪被风吹下来，扑在脸上，像针刺似的。二姐房里还没熄灯，里面传出咳嗽的声音。

"二姐，还没睡吗？"我走到窗下。

"就睡的。你怎么还不睡？——明儿我一定要送你呀！……"她的话又被咳嗽淹没了。

我望着天上的星星，在黑暗寂寒的庭院里徘徊着。又走到北屋的窗下，看到母亲屈着膝在一针针地缝着那厚厚的棉被。我走到门口，想推门进去，可是又停住了。终于走进我那零乱了的小屋里。把灯拨亮。屋里是冷冰冰的，早上的山楂糕已僵在盘里。——"三哥，路上带着吧，妈说山楂糕治咳嗽。"这是妹妹送我的唯一的礼物呢。我珍惜地把它放进二姐送我的菜盒里。虽然我并不喜欢吃酸食。

将被铺好，我坐在床沿上，又沉在往事的回忆里。不，我是在做着良心的忏悔呵。对于这将别的家，我似乎带有不少的遗憾呵。

隔壁的门"吱"的一声响了，接着是二姐低微的咳嗽——

"你怎么还没睡！"母亲轻轻地问。

"给三弟做了一双绒鞋。"

"快去睡吧，两点多了！"

"来帮你缝被……"

又是一阵咳嗽。立时一种极难过的情绪冲上了我的心，两眼渗出了热泪。我失去了知觉似的伏在桌子上。

我突然清醒过来，两臂已经麻木。灯儿发着那最后的余光。外面的风刮得更大了，偶尔传来几声远处的狗吠。我祈望着清晨的到来。我终是得走呵！

1941 年 1 月 13 日夜于江安文庙

怀念着家！怀念着母亲！怀念着姊妹！我写了它。
它载我到那凄凉的家园，与我母亲、姊妹会面！

老　伴

　　王蕊芳，这个名字在梨园行并不陌生，她是四大名旦之一尚小云的夫人。无独有偶，我的老伴也叫王蕊芳。

　　提起老伴，不能不说起岳父；说起岳父，又不得不提起岳母；提起岳母，又不得不说起京剧泰斗谭鑫培。

　　岳父王又宸是 20 世纪知名的京剧票友，下海后，成为京剧须

从左至右：妻姐王菊芳、岳母谭翠珍、妻子王蕊芳、岳父王又宸

岳父王又宸剧照

岳父王又宸剧照

生名角。他潜心钻研谭派艺术，加之天生有一副好嗓子，又孜孜不倦地刻苦学习，遂得到谭鑫培的赏识，并成为谭老的爱婿。谭老将其最疼爱、最小的女儿谭翠珍许配给了他。她也就是我的岳母。

老伴从小就在梨园行熏陶，二哥王世英也是一个小有名气的武生演员。老伴虽然也喜欢京剧，但并没当上京剧演员。据说当年梨园行受封建影响，只许男孩子学戏，不许女孩子学戏。她更喜欢唱歌、跳舞。为此，在幼儿园时就得过大奖。为了找一个学习的场所，也曾给焦菊隐（中华戏剧学校的校长）先生写信，可惜回信是暂不招生，失去了一个良好的学习机会（这个学校聘程砚秋等为师，出了不少有名的演员，有李玉茹、李和曾、王金璐等）。

在解放前夕，她也曾到工厂里工作过，业余演过陕北秧歌剧《兄弟开荒》，她演的是兄，是个女扮男装的角色。北平解放后，她看了歌剧《白毛女》，特别喜欢，就考上了北京人民艺术剧院的歌剧团，她还同时报考了中国青年艺术剧院，结果被两个单位同时录取，但她最后还是选择了人艺的歌剧团。中国青年艺术剧院的主考官是石羽同志，他问："那个小姑娘怎么还没来呢？"他不知道这个小姑娘更喜欢唱歌，想去演歌剧呢。

1954 年作者结婚照

那时，她刚十八岁。人艺的考官有叶子、凌琯如、韩冰，我是主考，让她表演了一段"扑蝴蝶"。她表演得很活泼，生动自然，所有的考官都很喜欢她。李波考她的声乐，也很满意。

入院不久，于 1951 年送她到中央戏剧学院崔承喜办的舞研班学习舞蹈。后因腿伤，成为"寒腿"而结束。

1956 年金紫光院长带领昆曲泰斗、与梅兰芳齐名的韩世昌，以及白云生、侯永奎、侯玉山、马祥麟等昆曲著名演员赴南方演出，同时带去的还有李淑君、丛兆桓、秦小玉、崔洁，我和老伴也参加了。傅雪漪也参加了。先到上海，又到苏州、南京演出。真是轰动一时。在上海演出期间，很多名家，如俞振飞、言慧珠等都是座上客。北京的张君秋也去了，还是他母亲陪同他去的。有一次散

在中央戏剧学院崔承喜舞研班演出
（右）

2006年7月作者夫妇在谭鑫培墓前

戏后，我看见他和他母亲是乘坐双人洋车（人力车）离去的。韩世昌和白云生演的最多的是《游园惊梦》，还有韩世昌的《春香闹学》，侯永奎和李淑君的《千里送京娘》，侯永奎的《林冲夜奔》，侯玉山的《钟馗嫁妹》、《通天犀》，马祥麟的《棋盘山》等。有时候俞振飞也演上一出《太白醉写》。当时在上海的戏剧家杨村彬先生，也是昆曲爱好者，曾约请我们组织了一次盛大的家宴。当然，主持这次家宴的是其夫人王元美先生。

作为歌剧导演，这是我学习民族化的一次大好机会。当时我的工作是和侯永奎一起担任舞台监督。也就是在这种基础上，回到北京以后，成立了北方昆曲剧院。丛兆桓、秦小玉、李淑君、崔洁等都留在了昆曲剧院。我和蕊芳仍回到歌剧院。作为北方昆曲剧院的首任院长，金紫光同志功不可没，也可以说，把北方的昆曲救活了。

1958年，我调中央音乐学院任教，老伴也考入声乐系，在声乐家喻宜萱教授门下深造。刚入学时，时逢"大跃进"，进行教学改革，实行民族化。声乐系聘请了京剧老师和河北梆子老师——

2007 年老伴与其表侄谭元寿（右二）

名家李桂云，天津时调名家王玉宝，让学生彼此学习。记得当时学京剧《二进宫》的有老伴王蕊芳（女高音），饰李艳妃；王秉锐（男高音）饰杨波，王凯平（男中音）饰徐延昭，王翠玲和王传娟各饰徐小姐、杨小姐，王诗学饰杨公子。巧得很，上述演员全姓王，师生戏称"王家班"，一时传为佳话。也开了"京剧进课堂"之先河。这段教学改革对日后的影响是很大的，大有成才之人，如现今仍在从事声乐艺术工作的黎信昌、王秉锐、黄揆春、刘秉义、叶佩英、吴雁泽、李双江、金铁林等。

三年毕业后，老伴仍回中央歌剧院工作。她在院前后共达 14 年（1950～1964），参加演出数十出大小歌剧，如《打击侵略者》、《刘胡兰》、《草原之歌》、《小二黑结婚》、《王贵与李香香》、《茶花女》等。

1964 年，随我调到青岛市歌舞团（青岛市歌舞剧院前身），

1996年老伴参加老年模特大赛获奖

曾参加演出歌剧《社长的女儿》、话剧《豹子湾战斗》。不久调青岛市群众艺术馆。在这里工作不久，青岛市第三十七中学需要一名音乐老师，要有学历者，她是中央音乐学院毕业，是合格人选，她自己也愿意去。因为到学校教书，有寒暑假，这很吸引她。她可以一年两次回北京去看望她的老母。她是个很孝顺的女儿。

到学校不久，就赶上了"文化大革命"。这期间她给学生排演了样板戏《红灯记》。除导演外，布景、服装、化装，连采购全是她一个人的事。导演更辛苦，每个演员的唱腔都要一句句地教，因而罹患了心脏病，不得不病休多年。一直到前年动了大手术，搭了两个桥。可谈起来也心慰，30多年前，就让一般中学生接触到了祖国的瑰宝京剧，已经超前"京剧进课堂"了。

老伴到了晚年，终于成了"戏迷"。爱唱京剧，特别是程派。成了张火丁的"粉丝"。自称张火丁是她师傅。这中间还有一段笑话，住在青岛远不如北京，伶界的情况知之甚少（后来订了一份《中国京剧》，就好多了）。初次在电视上看到张火丁这位青衣，不知是男旦，还是坤角，过了一段时间才弄清楚。后来在电视上也就看得多了。特别是张火丁那年来青岛演出，老伴是非去看不可了，真是亲眼目睹为快。最初只看到她演的《锁麟囊》、《春闺梦》、《荒山泪》，后来看得多了，有《白蛇传》，特别是《江姐》。当前在舞台上常见到的程派青衣，以李世济为首，还有李海燕、刘桂娟、李佩红及迟小秋等，我觉得她们各有各的特色，我均喜欢。老伴却最喜爱张火丁。老伴的侄子也特别喜欢张火丁，还专门在报纸

狂飙集

上剪裁下来一篇记者专访张火丁的材料给她寄来，这样总算对她这位"师傅"有了进一步的了解。

老伴爱程派，也最爱张火丁，她也就最爱唱《锁麟囊》中的《春秋亭》这一段，也只唱这一段。这也就是我戏称她为"王一段"的来源。

别说，就这"一段"，还在业余演唱会上得了头奖。在这以前她请琴师，请到青岛京剧院的丁明德老师，丁老师一听她唱程派，很惊讶地说笑话："我可不会拉程派呵！"因为老伴从未在他面前露过这一手！

说老伴是戏迷不假，她在少年时期就拍过穿戏装的剧照，如《穆桂英》的扎靠旗的，英勇无比。到了老年还去照了《锁麟囊》、《白蛇传》，以及《贵妃醉酒》等剧照，来过把瘾。

有一段时间，还去参加了老年模特大赛，自己设计并制作各种服装，如旗袍、西装、晚装，有时尚的，也有古典的，也曾得了大奖。她心灵手巧，虽然是所谓"洋学生"，但也算缝纫能手，家中所用的凳罩、椅垫、床罩等都是她一手所做。

她性格温柔，待人亲切热情。我却有时暴躁，有时也为了一些鸡毛蒜皮的事和她"抬扛"（拌嘴），也会弄得脸红脖子粗。可我有一个办法，得出这么一个"公式"——"拌了嘴——喝杯水"。发生了这种事后，我就主动倒一杯茶给她，接过去，她道声"谢谢！"这就万事大吉了。当然，这都是过不了夜的。

老伴，老伴，我们在一起生活了近六十年了，我已经九十岁的人了，老伴也近八十岁，这不是名副其实的老伴么！

2010 年 1 月 15 日

狂飙篇

狂飙剧团二千五百里
公演记略

　　七七事变以后，我们便离开山东济南，流亡南下。途中由瞿亚先先生（济南一中音乐教员）领导着我们组织了歌咏队及演讲队，在经过的各县城及各乡村工作，一直到达河南南阳的赊旗镇①。瞿先生和我们这些无家的学生，便用了自己唯一的喉咙来做进一步的工作。

　　在赊镇住了三个月的光景，那儿的生活较在途中规律些，我们是一边上课一边继续加倍地努力工作。瞿先生在百忙之中，又应了当地各学校之请教授救亡歌曲。从此，那一向沉默着的赊镇便到处听得到激昂慷慨的救亡歌曲了。

　　逾月后，同学们便自动发起组织了一个济南中学抗敌救亡工作团，其中话剧组便请瞿先生作领导。当时参加的演员共 20 人。那时校中的经费异常困乏，我们话剧组只能领到一笔纸张费。可是我们都抱着极大的吃苦的决心及百折不回的精神，不顾一切地开始演出了街头剧。街头剧固然用不着布景，但最低限度如《放下你的鞭子》中所用的锣鼓是不可缺少的。像这类事情，便麻烦煞交际组去东跑西颠地各处借。后来为工作进行方便，特设有"借物"一组以负专责。有一次，在《放下你的鞭子》中饰香姐一角的同学需要擦粉，便跑到一家面铺挖了一把面粉用来代替。

---

　　①　以下简称赊镇

为了扩大宣传才演街头剧，要是演员的对话、说白，老百姓听不懂，那不等于费力不讨好？我们初演时便遇到这种情形，以致没有收到一点效果。我们得了这个教训，便竭力学习当地的土语，经半月的努力，我们20个同学对当地的普通土语总算学会了一些。就在"五三"纪念日那天，举行扩大宣传会时，我们第二次演出了《放下你的鞭子》，同时又添了《盲哑恨》、《省下一粒子弹》及《当兵去》。这次得到了相当好的效果，观众感动得竟落下泪来。

在赊镇演剧的时间持续不到两个月，后接教育部的命令，山东各中学迁至湖北郧阳，并改为国立湖北中学。5月底我们便和赊镇告别了。

到了郧阳，济中抗敌救亡工作团不能继续工作了，于是话剧组的同学另行组织了狂飙剧团（"狂飙"之名是李广田老师给起的。德国不是有个"狂飙"运动吗）。剧团仍由瞿先生领导。此时又新加入了四位演员。学校每月又津贴大洋一元，作为化装费用。从此便开始演些容易布景及化装的舞台剧了。这时，虽然面粉不再用了，可是胭脂口红仍以洋红代替。其他应用的道具、服装等物，都还是由借物组到各处去借。如此工作了数月，至11月湖北中学分校后，待向四川迁移时，瞿先生和我们24个同学下了决心，无论有任何困难，我们也要坚持沿途工作。至于经费问题，我们自信只要抖起我们的救亡精神去苦干，老百姓绝不会不帮助。

12月1日，我们随在四分校的后面出发了。首先到达湖北黄龙滩，在这儿工作了两天，老百姓的抗敌情绪异常高涨，招待我们也很殷勤。因为我们每人每月仅有六块钱的生活费，不能不竭力俭省。这样我们便要自己做饭吃，一切自己下手了。可是老百姓见了，他们是绝不让我们自己下手的。赶快来替我们烧火、提水，并且笑着说："这些事你们学生们是做不来的呵。"为了使他们明白我们是能吃苦耐劳的，不像以前的公子哥，便竭力止住他们，这样他们就说："我知道你们做得来，我们帮忙，这也算帮助了我们国家呀。"

从黄龙滩出发便入陕西境。在白河连续公演了三天：第一天是到街上，汉江畔演街头剧；第二天、第三天是到江边河滩上搭临时舞台演舞台剧。两天都遇大风，天气又是阴沉沉的，可是观众还是那么多。同伴们都觉得挺对不起观众。但终于千百个诚实的老百姓冒着风沙，在最后落幕的哨音里散去。

我们住在商会小学里。晚上少睡一小时，余下的时间便教他们——二十多个从安徽流亡出来的小学生——唱救亡歌曲。直到他们发困，我们也困了，大家才各自入寝室。

第四天到了蜀河。和在白河一样，也公演三天。在赴洵阳的途中经过蒿滩。那日的山路崎岖，七十余里①非常难行，而且每人都背了行李；又加三个挑夫都吸大烟，每经一村落就要过一次足瘾；这样在距离蒿滩几里的地方，天色就渐渐黑下来了。山谷里的夜风袭得人们发抖，山脚下的汉江汹涌怒吼。因为早闻此地多匪，所以这时我们每个人的心里都有说不出的恐惧。

"噢！"突地坡上传来一个人的吆喝声，顿时将我们吓呆住了。

"嗨！嗨！嗨！"接着一个挑夫呵唷起来。以后我们就随前面三个挑夫前进。只看到几个模糊的黑影子，走向一片林子去。随后我看到三个人中有一人做了一个鬼脸。

蒿滩是个小地方，仅有几户人家，饭铺是找不到的。好歹走遍全滩才弄到十几斤红薯作为晚餐，可是同伴们都嚷着方才吓得不饿了。第二天清晨出发，沿路经过的村店荒凉之极，鸡犬都不相闻。这都是"带子会"捣的结果。

傍晚始达洵阳。县城在群山窟里，根本见不到"文化"的影子。老百姓有的竟不知谁是我们的敌人！工作了三天，因天气酷寒，并时有降雪的可能，故观众较少。闲时同伴就到县立小学及社会军训总队部去教歌。这里的苏县长竟有意留我们在这里从事救亡工作。

在一个晴朗的日子到达闾河镇。半小时的休息，我们便在街头

---

① 1 里 = 500 米

演起剧来。因为地方小、民众少的缘故，第二天我们就赶赴安康。保安队替我们雇了一艘小划子，送我们的行李，并送我们许多食品。因为这一段路荒僻得很，没有一家小店能让我们二十五个人吃饭的。

安康县是个大地方，水陆交通便利，救亡的空气也颇高涨。在这儿工作了两天，制起前后幕来，不像从前用我们二十几个人的被单，又费许多时间去缝连了。

元旦日，我们就在离安康七十多里的恒口镇工作着了，并组织了一个救亡歌曲速成班：不分男女、不限年龄、不收费用，每日两小时的时间，由同学轮流教授。就这样因为与当地小学生及老百姓接触了半月之久，我们也就学会了不少陕南土语，这使我们的工作总算增加了不少效率。当演《逃难到恒口》（也即《放下你的鞭子》）的时候，我饰青年工人一角，化装后，挤在人群中，用才学会的"陕西语"给观众攀谈（自己感觉相当生硬），一位老年观众竟对我说："人家演得比咱们这儿好得多呵！"他老先生显然是把我认成本地人了。

两星期的时日，在我们觉着过得是太快了。这时我们又沿川陕公路西上，一日百十里地步行，到达汉阴县城。这儿新年热闹的景象依然未除，锣鼓的声音随时随地都可闻到。我们就借着这热闹的气势工作起来。一连公演了三天，接到许多慰劳书、自动捐助金及纪念旗。这儿的民众的抗敌情绪比以前经过的各地方都高数倍。在演出《荒漠筑声》一剧时，多数观众都落泪了，竟有泣啼出声者。

离汉阴去池河镇的清晨，我们每个人都背了行李，步伐整齐，唱着雄壮的歌曲，从县城内西门大街经过时，行路人及各商家皆鼓掌欢送。由陕西服务团的几位同志领着高呼"中华民族解放万岁"的当儿，我们的神经在这呼声中振奋得犹如弓弦了。

到了池河镇，我们的工作更忙碌了许多。团长答应了承担起画当地壁画的一份责任，我们每天还要留出一两个人来专做磨墨的工作。直到临行的前一晚上，我们到茶馆中演讲，讲毕，他们便会发些问题："为啥我们的飞机不去轰炸他们的东京？""为啥咱们政府还要优待俘虏呢？"我们自然给他们一个明白的答复。

在石泉公演时，每次都有一群小学生来看。因为那时正是他们的寒假。在演出《死里求生》、《盲哑恨》等剧时，台上演员呼口号，同时他们也领导观众来呼应，并且在闭幕的空间也帮我们唱歌。这样，会场的秩序不但很好，而且全场的空气也始终很紧张。

在西乡日夜连续演了八天。其中有五天是慰劳二十六后方医院的伤兵同志。那时地方上及老百姓异常消沉，简直与十年前的光景没有两样。受伤的同志急得整天臭骂那些"死东西"，可是骂只管骂着，"死东西"依然也不活。我们去了，他们高兴得正如渴急了的山羊，正喝到溪水似的。公演了几日，我们彼此之间就亲热得如兄弟了。

医院里的金院长，帮了我们很大的忙。他们绝不容许我们自己做饭，一定要和他们同食。

在演出《逃难到西乡》时，我们为适合环境，青年工人扮作伤兵同志，杂在伤兵同志堆里也看戏。在我高呼着"放下你的鞭子"挺身登台时，许多伤兵同志将我的衣服拉住："人家演戏哪！人家是演戏！"场上都吆喝起来。我的屁股不知道给谁踢了两脚。那时为了要逼真起见，便不顾三七二十一的，怒火汹汹地奔上台去了。

在"一二·八"的晚上，本打算公演的，可是天不作美，晚饭还未毕，便降起雨了。当大家在住所休息开生活检讨的时候，来了一位青年军医拜访团长。起初言谈非常客气，过后却越来越激烈，并将桌上的几个茶杯依次打得粉碎。团长便知他有精神病，想马上结束谈话，可是他不允许。他谈他要真的演戏，纪念这"一二·八"。在"七七"、在"九一八"，他曾为祖国流过两次血，现在他还要流第三次血！最后，他唱"出发歌"了。在雄壮的歌声结尾时，他乘人不备，拔出他的佩剑，剑光闪耀的一刹那，他倒在地上了，锋利的武器刺入他的左腿有寸余。幸亏他的一位朋友在那儿，立刻将他抬往医院里去了。

后来我们才知道他是当地人，姓杨，军校毕业，不过二十五六岁。由他那段悲壮的讲话，知道他是一个有才学的人。那晚上，我们受的刺激太深，差不多一夜未曾入睡。

到城固时，正逢当地征集壮丁，便答应县政府帮助慰劳壮丁家属，公演三天，并向各界募捐了一笔慰劳金。所演剧皆能燃起观众抗敌的怒火。《沦亡以后》的结尾，鞠县长也随了那位青年上了台，观众的呼声也将全场震荡得动摇了！

在这儿值得我们纪念的是以开夜车的办法，把《小三子》和《米》两幕大剧排练完成。

到汉中时，不幸的事发生了。团长因日夜工作，操劳过甚，在距汉中城不远的十八里堡得了急症，几乎不能得救。所以在汉中不得不停止工作。在赴新沔县的途中，团长仍要自己背行李走，经我们多次劝慰才不再勉强。

旧历年的时候，就在新沔县了。这儿对于以前的旧习一丝未除。地方上当事者仍未革除腐败的头脑，八十三后方医院里的受伤同志，常常与县府起些纠葛。经我们慰劳了他们几天，他们也竟安稳多了。真的，县府也着实泄气，仍存在着以前那种所谓"衙门气"！一天上午十时，团长因事到县府去访县长，听差说县长还未起床，当时团长就问："贵府何时打起床钟？"听差答、答……就答不上来了！待团长返回不久，县长急急忙忙亲自跑来了。这会惹得我们在一旁发笑，因为看见县长的两粒眼屎还未洗掉呵。

也就是在这儿我们接到学校的消息，知道已经开课了。所以从沔县出发后，途中仅在广元县与当地的业余剧社联合献金公演了四天，所卖票钱仍悉数捐给了国家。

3月8日，我们便从广元县出发，经剑门之险，于14日便来到我们的目的地（六中四分校）罗江了。

1939 年 3 月 28 日于罗江图书馆

原载六中四分校李广田先生主编文学月刊《锻冶厂》第二期

狂飙剧团演出日记

（主要包括剧目和场次）

1938 年 3 月 24 日，正式开始了戏剧工作。这年我们在山东省立济南中学里成立了一个救亡工作团，团里下设话剧组、歌咏组、壁报组等。刘桂华和我担任了话剧组的负责人，也得到了音乐教师瞿亚先先生的支持。这时我们是在河南赊旗镇。

3 月 27 日抄《省一粒子弹》和《当兵去》两个剧本。

3 月 31 日抄《放下你的鞭子》。

4 月 2 日把以上三个剧本的演员定了下来。导演由我们三个人成立导演团：刘桂华、丁祖庭和我。《放下你的鞭子》中刘荫相饰老汉，陈懿妗饰香姐，我饰青年工人，丁祖庭饰拉胡琴者（后来这一角色改由林维绅饰，他两位均会拉胡琴）。

1. 4 月 10 日是第一场，公演了以上三剧，也是我首次登场。一炮打响。特别是《放》剧，小陈（懿妗）的男扮女装的香姐特出色，谁也看不出是一个男孩子。这给我们剧组极大的鼓舞。

2. 再排《盲哑恨》、《九一八以来》（一个哑剧）。丁祖庭、刘荫相都参加了演出，我饰演《九一八以来》中的中国青年。于 4 月 12 日公演。

3. 4 月 26 日公演。

4. 5 月 3 日又公演。

5. 5 月 8 日公演《逃难到赊镇》（以下只要是《逃难到……》均是《放下你的鞭子》的改动）和《省一粒子弹》。

6. 5月12日公演《警号》、《省一粒子弹》、《扫射》、《祖国的孩子》。

7. 5月18日公演《放下你的鞭子》、《省一粒子弹》。

8. 5月25日公演。

9. 6月12日在湖北郧阳公演《逃难到郧阳》、《祖国的孩子》、《九一八以来》。观众四五千人。

6月14日排练宋之的《黄浦月》，我饰演便衣队。

6月19日排练《上前线》。

10. 6月24日公演《黄浦月》等。

6月25日，近两周排练《死里求生》，我饰演一革命青年。《纪念会》、《到前线去》、《拾炸弹》。

11. 7月7日公演《省一粒子弹》、《一个游击队员》、《沦亡以后》、《纪念会》。

7月13日演出《我们的国旗》、《重逢》、《天明》。在《我们的国旗》中我饰演王庆祥，在《重逢》中我饰演白女士的同志张某。

12. 7月23日公演《我们的国旗》、《死里求生》、《天明》、《到前线去》。

13. 8月6日和黑白剧团合演（我未参加）。

14. 8月13日与本地战地服务团以及菏泽中学合演《黄浦月》、《死里求生》（我饰演便衣队长）、《林中口哨》。

15. 8月22日公演《九一八以来》、《张家店》。

16. 9月4日公演《回乡》、《逃兵》、《荒漠笳声》。

9月9日"九一八"七周年纪念预排《把枪尖瞄准了敌人》、《教训》（我饰演儿子）、三幕歌剧《保乡守土》（我饰演青年难民）。

17. 10月10日公演《保乡守土》，相当糟糕。

10月21日演《有力的出力》、《咆哮的河北》、《古城的怒吼》（我饰演启明）。

18. 11月11日公演，不佳。

19. 12月2日在黄龙滩公演《放下你的鞭子》，成绩尚好。

20. 12月3日仍在黄龙滩公演《九一八以来》、《逃兵》、《回乡》、《张家店》。观众达四五百人。

21. 12月7日在陕南白河公演《逃难到白河》。

22. 12月8日在白河公演《九一八以来》、《有力的出力》、《张家店》、《黄浦月》（我饰演巡察员）。

23. 12月9日在白河公演《祖国的孩子》、《夜之歌》、《死里求生》、《回乡》。

24. 12月13日在蜀河公演《放下你的鞭子》。

25. 12月14日在蜀河公演《九一八以来》、《祖国的孩子》、《张家店》、《夜之歌》、《死里求生》。观众达七八百人。

蜀河小学赠旗一面："唤起民众"。

26. 12月15日在蜀河公演《民族公敌》、《黄浦月》、《争取最后的胜利》、《咆哮的河北》。之前团长加演魔术，因等待汽灯之故。

27. 12月19日在洵阳公演《逃难到洵阳》、《夜之歌》。

28. 12月20日在洵阳公演《祖国的孩子》、《逃难到洵阳》。

29. 12月23日在间河口公演《张家店》、《盲哑恨》、《放下你的鞭子》。

30. 12月27日在安康公演《九一八以来》、《夜之歌》、《争取最后的胜利》、《张家店》、《死里求生》。观众达五六百人。

31. 12月28日在安康公演《我们的国旗》、《全面抗战》、《黄浦月》、《回乡》、《咆哮的河北》。

32. 12月30日在安康公演《放下你的鞭子》。

33. 12月31日在安康公演《张家店》、《夜之歌》、《我们的国旗》、《死里求生》。观众过一千五六百人，打破在白河的纪录。

34. 1939年1月1日在安康公演《回乡》、《咆哮的河北》。

35. 1月3日在汉阴公演《荒漠笳声》等剧。

67

36. 1 月 5 日在汉阴公演《荒漠筇声》等剧。

37. 1 月 6 日在汉阴公演《祖国的孩子》、《放下你的鞭子》、《金门除夕》、《黄浦月》。县长、同乡、教育科各送锦标（即锦旗）："莫等闲看"、"艺术救国"、"五更鸡声"。

38. 1 月 7 日在汉阴公演《全面抗战》、《逃兵》、《有力的出力》、《拾炸弹》、《争取最后的胜利》、《警号》。

抗战救援会、公义小学、党部、服务团、汉阴中学各送锦标一面。

39. 1 月 9 日在池河镇公演《回乡》、《张家店》。因汽灯坏了，没再往下演。

40. 1 月 10 日在池河镇公演《全面抗战》、《放下你的鞭子》、《金门除夕》、《夜之歌》、《死里求生》。

41. 1 月 11 日在池河镇公演《有力的出力》、《逃兵》、《盲哑恨》、《战地小同胞》。

42. 晚场演《我们的国旗》、《荒漠筇声》、《黄浦月》。

小学、联保处合赠一桌围，上书"救亡先锋"。服务团赠锦标，书"民族吼声"。

43. 1 月 13 日在石泉县公演《九一八以来》、《张家店》、《夜之歌》、《死里求生》、《逃难到石泉》。观众达一千三百余人。

44. 1 月 14 日在石泉县公演《战地小同胞》、《金门除夕》、《咆哮的河北》、《荒漠筇声》、《黄浦月》。

县府募捐三十元及抗敌分会同赠一纪念旗。大北巷及江南馆女子小学同赠一纪念旗。

45. 1 月 15 日在石泉县公演《有力的出力》、《家破人亡》、《回乡》、《我们的国旗》。

46. 1 月 16 日在石泉县公演《重逢》、《上前线去》（即《汉奸与伤兵》）、《一个游击队员》等。

团管区司令部赠一锦标。

47. 1 月 23 日在西乡县公演《张家店》、《我们的国旗》、《金门除夕》、《死里求生》。

48. 1 月 24 日在西乡县公演《逃难到西乡》、《战地小同胞》、《有力的出力》、《回乡》。

49. 同日晚公演《九一八以来》、《夜之歌》、《荒漠笳声》、《黄浦月》。团长加演两套魔术。

50. 1 月 25 日在西乡公演《一个游击队员》、《盲哑恨》、《家破人亡》、《民族公敌》。团长加演两套魔术。

51. 1 月 27 日在西乡白天演前两天剧目。

52. 同日晚间演《全面抗战》等。

53. 2 月 3 日在城固县公演《张家店》、《我们的国旗》、《有力的出力》、《死里求生》。

54. 2 月 5 日在城固县公演《九一八以来》、《金门除夕》、《夜之歌》、《荒漠笳声》、《黄浦月》。观众甚多。

55. 2 月 9 日在城固公演《全面抗战》、《一群汉奸》、《沦亡以后》、《小三子》、《保卫浦东》。

56. 2 月 10 日在城固公演《不做亡国奴》、《米》。

县长赠锦标，书"唤醒民众"。

57. 2 月 16 日在新汧县公演《九一八以来》、《张家店》、《沦亡以后》、《我们的国旗》、《死里求生》。

58. 2 月 17 日在新汧县公演《战地小同胞》、《逃难到汧县》、《有力的出力》、《夜之歌》、《死里求生》。

59. 2 月 20 日晚在新汧县公演。

60. 2 月 21 日晚公演《回乡》、《一群汉奸》、《小三子》。

师管区送一锦标。

61. 2 月 23 日公演《全国抗战》、《民族公敌》、《咆哮的河北》、《逃兵》、《争取最后的胜利》。

县长、八十三后方医院、负伤官兵各赠锦标一面。

62. 2 月 27 日在转头铺公演《张家店》、《放下你的鞭子》、《金门除夕》。

63. 3 月 3 日在四川广元公演《沦亡以后》、《死里求生》、《荒漠笳声》、《黄浦月》。

64. 3 月 4 日在广元公演《我们的国旗》、《夜之歌》、《一群汉奸》、《小三子》。

65. 3 月 5 日在广元公演《张家店》、《金门除夕》、《米》。

66. 3 月 17 日到罗江公演《沦亡以后》、《死里求生》、《荒漠笳声》、《黄浦月》。

67. 3 月 18 日在罗江公演《我们的国旗》、《夜之歌》、《小三子》。

68. 3 月 19 日在罗江公演《一群汉奸》、《米》。下起了大雨，但观众不散。有三五百人。

共演出 68 场。每场以五六百观众计，有观众三四万人。

2011 年 1 月 14 日抄完

（根据作者的流亡日记）

狂飙剧团 25 人名单

瞿亚先（团长、音乐教师）

王保庸（田庄）国立剧专毕业、导演

赵大壮（赵锵）国立剧专毕业、重庆市话剧团导演

刘荫相（药剂师）

陈懿妫（师范学校教师）

林维绅（蔬菜大棚创始人之一，农学家）

黄德信（原司号员）

贾道恒（某学院党委书记）

姜跃珍（在西安航空基地为航空技师）

张鸿仁（即张曙，在外交部工作，曾任驻日大使）

李士俊（世界语学会负责人）

谢仁杰（以下均不明）

高明英　朱经堂　李志君　傅迺钊

林树芝　王玉山　卢继才　丁炳乂

邵延仪　刘振祥　刘传信　刘德和

钱振美

在剧团成立前期尚有刘桂华（后去延安）和丁祖庭（丁小曾，国立剧专毕业，曾任上海戏剧学院教师）。

狂飙剧团演出剧目

1. 《放下你的鞭子》
2. 《省一粒子弹》
3. 《当兵去》
4. 《盲哑恨》
5. 《九一八以来》
6. 《警号》
7. 《扫射》
8. 《祖国的孩子》
9. 《黄浦月》
10. 《上前线》
11. 《死里求生》
12. 《纪念会》
13. 《到前线去》
14. 《拾炸弹》
15. 《一个游击队员》
16. 《沦亡以后》
17. 《我们的国旗》
18. 《重逢》
19. 《天明》
20. 《林中口哨》

21. 《张家店》

22. 《回乡》

23. 《逃兵》

24. 《荒漠笳声》

25. 《把枪尖瞄准了敌人》

26. 《教训》

27. 《保乡守土》

28. 《有力的出力》

29. 《咆哮的河北》

30. 《夜之歌》

31. 《民族公敌》

32. 《争取最后的胜利》

33. 《全面抗敌》

34. 《金门除夕》

35. 《战地小同胞》

36. 《家破人亡》

37. 《一群汉奸》

38. 《小三子》

39. 《保卫浦东》

40. 《不做亡国奴》

41. 《米》

（《死里求生》、《小三子》、《米》的作者为洪深先生，其余均不详）

走上戏剧之路

细想想，我之所以走上戏剧的道路，与抗日战争走出家门有密切关系。小学时代接触的戏剧不多。记得济南儿童节时，班主任邓甫晨先生为我班排演了一出《博浪沙的大铁椎》的话剧，是写张良刺秦王的故事，我在其中演了秦王的副车这一角色。这戏还得了奖，好像也没觉得有多大兴趣，平时接触戏的时间也并不多。暑期中倒是二伯母常带我去附近戏院看看京戏，有时到大姐姐家去听听京戏唱片。

到戏院看京戏，已经没有什么印象，只记得当时有位名角叫绿牡丹，似乎还是一位男旦，演了些什么戏已不记得，记得连演数日。

在大姐姐家听唱片，听的倒是不少。唱片较多，因大姐夫——杨大哥喜爱京戏，是个戏迷，是京戏票友，还曾粉墨登场，演的是《法门寺》中的县令赵康，由于怯场而颤抖，成为假戏真做的一大趣闻。

那时四大名旦的唱片都有，印象较深者当属梅兰芳、谭鑫培、谭富英、马连良、高庆奎、言菊朋、杨宝森、筱翠花等等。较熟悉的是《武家坡》、《女起解》、《珠帘寨》，特别是其中的"哗啦啦打罢了三通鼓"三个"哗啦啦"印象最深，再就是高庆奎的《逍遥津》，那种激昂高亢的腔调记忆犹新。

看京戏最吸引我的是服装，那么美，那么好看。铠甲金黄黄的，那么吸引人，翎子、靠旗、各种武器、武打，还有旦角——多么美的美人呵。

再就是曾在游艺园看过一次文明戏。梅兰芳的戏小时没看过，一张票最贵者要十元，最便宜的座——叫"娃娃店"的还要一个现大洋，谁看得起。

再大点，到贡院墙根看民众教育馆的电影，前面加一场叫做"化装讲演"的话剧，就很感兴趣了。有时觉得加的这场化装讲演，比电影还好看。后来知道，这种化装讲演是由一位阎哲吾先生主办和导演的。这是少年时我所接触到的戏剧，但并没有使我形成将戏剧作为终生事业的愿望。

七七事变以后，随学校南迁，走到河南许昌时，高中的同学要成立救亡戏剧，我参加了，但很快就离开许昌再往南走，到了南阳赊旗镇。高中同学已分开住。我们济南中学单独在一块。我们就成立了一个救亡工作团。其中类别较多，分为壁报组、歌咏组、戏剧组……我参加戏剧组，排演了《放下你的鞭子》、《省一粒子弹》等剧，在街头演出。该组组长刘桂华（后去延安）。《放》剧的演员有刘荫相饰老汉，陈懿妠饰女角，我演青年工人。拉胡琴的是丁祖庭（后改为丁小曾），再后就是林维绅。陈的身材较矮，长得很俊，现在说法是个男旦。化起妆来，完全是个女孩，很少有人认出真相。在赊旗镇住了数月，后来又西南行，路经南阳、镇平、内乡、淅川（上集），然后入湖北西北部的郧阳（郧县）。在这里我们山东联合中学易名为国立湖北中学，直属于教育部。在原来戏剧组的基础上，成立了狂飙剧团。"狂飙"的名字是我们的国文教师，大名鼎鼎的诗人、散文学家李广田先生所起（西洋文学史中不是德国有个"狂飙"运动吗）。我们又特请了我们的音乐教师瞿亚先先生当剧团的团长（剧团总要有一个带头人呵）。人员也参加多了，约有二十多人，且有了一定的分工。如：演员组（包括简易的乐队）、舞台组（主要是布置舞台）、借物组（当时我们没有经费，所需服装、道具等，均须有专人跑外借来）。我们没有专职导演，都是由全戏的演员一齐"凑"。其中点子多者无形中成了主导。我们的演出剧目随着经常的上演，也逐渐增加。除了原有的《放下你的鞭子》、《省一粒子弹》等外，又增加了《死里求生》（记得是由洪深先生编剧的）、《九一八以来》（哑剧）等。随着以后的发展，我们又增加了洪深先生编剧的《米》和《小三子》，还有《荒漠笳声》，这些演出都是较成功的。这是后话了。

我们在郧阳住了近半年，在这期间，凡是节假日，或什么纪念日都在一定场所公演。后来迁校，我们要入川，国立湖北中学又改为国立第六中学，我们是第四分校，驻在四川罗江县。我们狂飙剧团没有随大队一同走，是剧团单独行动。我们从郧阳出发，经陕南白河、蜀河、洵阳、安康、紫阳、恒口、汉阴、石泉、西乡、城固、南郑、宁强，进四川广元。在陕南经过十余县，每县必演两三场，每场观众少者千余人，多者近万，无不受到欢迎，有的县长要求我们长期待下去，或者干脆就驻扎在他们那里。有的地方我们还开办了歌咏班，培训当地骨干。可也有一些偏僻小县、小镇，有的观众尚不知我们国家正在抗战打日本。这一路上，多走的是偏远山区，有时一天走几十里路也见不到一村一户，也见不到一两个行人。有时山头上能见到几个人，挑夫说那是土匪，因看到我们是些穷学生，所以就不理我们。我们心里都在说：真是谢天谢地！

经剑门关、剑阁到广元，这是一个大城市，中间本有一个小镇可住宿，是两天的路程，共有一百二十里。我们中有几个人，为了贪玩，早一天到广元，两天的路就一天赶了，两头还均能见太阳。这是我生平以来一天内走得最长的路。好像后来到了军队，都没有过如此的急行军。在广元演出了三天，经校本部的绵阳，到达罗江四分校，已经是春暖花开的季节。

在罗江演出后，我们的狂飙剧团算行走了二千五百里公演了，剧团也就结束。因为高中部的同学去绵阳，剩余的约半数人，就预备另成立一个新剧团。名字也已起好，叫六四剧团。即是国立六中四分校的意思。可惜这个剧团由于种种原因，成立不久即告停止。

就是在这时间，我对自己未来的出路已经有了决定——演戏，终生以搞戏剧为自己的职业。记得当时去延安鲁艺已经无望，成都市国民党空军有个剧团，叫神鹰剧团。团中有位负责人，叫董每戡的，瞿亚先先生认识。我曾托请瞿老师为之介绍。当时就有一个想法：宁到大剧团去拉幕，也不到小剧团去主演。这个剧团，也不是我的理想，先落落脚吧。因为成都的戏剧学校（当时校长是熊佛西先生）是收费的，我到哪里弄到这笔费用？国立剧校又远在重庆，一不知是否招生，二不知多少费用。等了一段时间，瞿老师也未得回信。这算是搁浅了。

1939年下半年四分校毕业，我不愿再去绵阳校本部上高中，那里环境恶劣，正好本班好友尹纯德（现名刘方）也要去重庆，是校长孙东生先生介绍他去江津国立第九中学，那里的教务主任是校长的学生。于是我俩先到绵阳，辞别了家兄和朋友就搭涪江的木船转嘉陵江去了重庆。从重庆转江津第九中学。学校分开两处，这位教务主任住在江对岸的德感坝。我们在那里住了些日子，食宿均由主任负责，正是寒假期间，我们也在复习功课。

不记得出于什么原因，我们很快就离开了德感坝，跑回重庆去了。多半是听说重庆有个剧院要招生。

总之，到了重庆我就考上了歌剧院。当时是叫实验剧院。其班底就是战前在山东济南的山东省立剧院。院长仍然是王泊生先生。我们的班主任是院长夫人吴瑞燕先生。当我初入学的那天，吴瑞燕老师特别带领我去拜访了王院长，我想为什么呢，是不是因为我是济南来的孩子呢？这个剧院是综合性质的，我考的是歌剧班，还有京剧、话剧，乐队除了京剧的文武场，也有洋乐队，专门演出所谓新歌剧《岳飞》所用。京剧是日常均有演出，实验剧场就设在黄家垭口。当时挂头牌的就是程派名演员赵荣琛先生。演话剧的有白玲、李健、田荆（田广才）等，导演是万籁天先生，我看过他们的演出。剧院也是属教育部，学生食宿学习均免费。我们住在大樑子，吃饭却在大窑沟，三顿饭在当时觉得是不错的了。我的声乐老师是男高音歌唱家蔡绍序先生，还有洪达琦、朱崇志。黎国荃教音乐理论、林刚白教戏剧概论、吴瑞燕教化装、李元庆教英语，教国语的是在教育部请的一位先生。不久来了一位李剑晨先生，他是一位画家，刚从法国留学回来，是我们的主任。

刚到重庆时是雾季，鬼子的飞机来不了。逐渐天暖一直到热天，轰炸非常频繁，在防空洞里一待就是大半天。顶讨厌的是到了十一二点，我们刚睡下，警报又来了，躲进防空洞有时半夜才解除。记得天又热，又有轰炸，我们提前放暑假。我们马上就搬家，住在南岸海棠溪上海两江女子体专的旧舍（她们又搬到别处去了）。在这里得自己做饭，全体下手，最大的好处，就是免炸。

搬来之前重庆因轰炸时间过长不得解除警报，防空洞里发生过闷死数百人的事件，幸好我们进的大樑子的防空洞幸免于祸。但此时我得上恶性疟疾，整整昏睡了三天三夜，终于渡过这次"灾难"。病后的一天，李剑晨老师过江来看我们，我还请他为我病后画了一张速写，瘦得不成样子。重庆这年的一次大火，我们隔江也看到，映得江面一片红。即使隔江也甚怕人。在这里不幸的事时有发生：我们一位同学，忽得霍乱，一般如及时抢救，本无生命之忧。可是送去过江，又赶上警报，耽搁了抢救时间而死亡。

但我期待已久的好消息终于到来了：国立戏校来重庆招生！我寻机会过江去市里报名。该校是两年前受不了重庆的轰炸迁往长江上游的江安。这时国立戏剧学校已改名为国立戏剧专科学校，五年制，分为三科：话剧科、乐剧科、高职科。高职科即高级职业科，是话剧科的速成性质，三年制。我报考的是话剧科。这一届，是剧专成立以来第六届了。数月前剧专的第三届，在重庆有个毕业公演。有三出戏：《岳飞》、《蜕变》、《从军乐》，分别为顾一樵、曹禺和余上沅的剧作。我们只在国泰大戏院看过首出《岳飞》。现在来说，这一届的知名演员不少：耿震、沈阳、赵韫如、蔡松岭等，还有何治安、刘厚生……演岳飞的是耿震，在重庆一炮打响，号称

"金嗓子"。他演的岳飞，给我的印象极深。有一场戏，是受审，他穿一身白袍，厉声拍案，急转身，怒斥道："我岳飞宁为玉碎不为瓦全！"全场震惊，而后轰鸣鼓掌。导演是杨村彬先生。

看了这出戏，使我越发要考进剧校。渴望之心尤切。

报上名拿到了表演的材料和台词的材料，有初试、复试两种。倒是到考试尚有较充分的时间，因为我争取较早地报了名。这样我每天起早摸黑跑到防空洞里练表演、念台词。初试的台词较简单，都是些日常用语，复试的台词，却是名著里的大段台词了。比如初试中有句台词是："哎呀！不好了！失火了！"我天天呼喊练习，似真有其事。这里还出现一个小的插曲：这期间南岸海棠溪也遭到一次轰炸。这天晚间邻居又在街上乘凉。谈话中一位老妈妈大声埋怨道："怪不得遭殃挨炸，不知哪个孩子天天呼喊：不好了！失火了！"听后我赶快捂着嘴跑开了。

终于我考上初试，也考上了复试。考试的头天傍晚我过江去市里，在剧院住下，这样免得当天过江应考时间太匆忙。记得是睡在一张长椅上。好在夜间不凉，睡得尚好。考试地点是设在一家民教馆中。我很早起来，就去了。初试考取，接着就是复试。

复试的印象较深刻。表演主考是阎哲吾先生。这以前我知道这位先生，他就是山东省立剧院的导演，在济南待了很长的时间。流亡出来以后，我曾读过他写的一本《苦闷与牢骚》的书，是写他从事戏剧生活所遇到的苦恼与坎坷。初试时，他曾考过我"过独木桥"等。

复试是一种五觉训练的故事情节：一个夜晚，落着蒙蒙细雨，一个人喝得微醉，从雨中走进门来，在黑暗中他在桌上摸索着一盒火柴，拿下灯罩，点着煤油灯，把未熄灭的火柴随便扔到地上（我是扔到背后）。然后觉着口渴，拿起水瓶倒水，水瓶是空的，好在车上有水果，赶忙拿起一个李子，大口一吃，又生又涩，赶快吐了。又拿起一节甘蔗，撕下皮甜甜地嚼起来，随口哼起小曲。正在此时，从门缝里进来一只猫，他赶忙把它赶出，并顽皮地学猫叫了一声："喵。"继续吃他的甘蔗。忽然闻到一股什么味，再仔细一闻，不好，是煳气味，哪里来的？回头一看，草垫子着起来了。"哎呀！不好了，着火了！"他就急急地跑出屋去。

等我镇静下来，看见阎先生微微笑着，放我出了考场，我欣欣然感到考得满意。台词的复试仍是万先生（家宝）也即曹禺先生。他的三部曲《雷雨》、《日出》、《原野》是拜读过的，也知道他是剧校的教务主任。我与其说是奔剧专去的，倒不如说是奔曹禺去的，因为当时受中学语文老师李广田的影响，也很喜欢写作，这是后话了。曹禺先生叫我背的台词，记得是李健吾先生的剧本《以身作则》中的一段。背诵后曹禺先生连说"Good! Good!"让我靠近他，然后发问，"你是哪里人？""我是山东济南人。""你的普通话，怎么有些东北味？"我一时愕然，又忽然想起："我曾和一位沈阳同学住同屋，可能受了些影响。"我安然地回答。曹禺先生同样微笑着送我出了考场。

到了看榜的那天，果然王开时的名字写在榜上（报名之前我名是王保庸，报名时即改为王开时）。从此就开始了剧专五年的学习生活。

剧专篇

我们的校长余上沅

余上沅先生创办戏剧学校历经 14 年，是当代我国第一所高等戏剧学府，培养了数百位戏剧人才，遍布祖国各地，对我国的戏剧事业，功不可没。

他早年留学美国专攻戏剧，和闻一多、赵太侔等老一辈戏剧、文艺家一起，为话剧事业奠定了坚实的基础，是我国话剧事业的开创者、奠基者。

他有十足的学者风度，架一副金丝眼镜，说一口湖北味的普通话。40 年代的老师们大都穿一身长袍，余校长也不例外，只是他的长袍更讲究些，多系毛料。有时，他还持一只手杖，并非以老为用，似乎是显示一种"文明"风范。

记得我刚入学（国立戏剧专科学校）时，前院通往后院的廊子里挂了一帧照片：一位白发苍苍、面颊各有一绺鬓发的老者，细一看，原

国立戏剧专科学校校门（陈永祥绘）

来是 19 世纪最伟大的写实主义剧作家易卜生。听说我们这位校长就是一位易卜生专家（解放后在上海时他曾写过一篇有关《娜拉》的文章）。在学校里他曾导演过莎士比亚的名剧《奥赛罗》和《威尼斯商人》，也曾为我们班导演过易卜生的《野鸭》（我扮演老艾克达尔一角）。他启发我们演员要去领会、接近剧作家，理解剧本，使我们的艺术修养提高了一大步。

在一次庆祝戏剧节的晚会上，他曾亲自指导过我朗诵《威尼斯商人》中夏洛克的一段著名台词"割一磅肉"，使我获益良多。这段台词，也使我下了非常工夫，效果甚佳。事隔数十年，当我考入中央戏剧学院导演干部训练班时，就用了这段台词朗诵，效果仍然不错。可没想到，这位苏联专家却"先入为主"了，从此，分配给我的角色全都是"反派"，《桃花扇》中的马士英一角就是其中一例！

原载《剧专十四年》，中国戏剧出版社出版，1995 年

2011 年 1 月 31 日晚改写

"神童" 吴祖光老师

　　吴祖光老师是校长办公室的秘书，也是校长的晚辈亲戚，吴老师称校长为表姑丈，是校长主动找他来的。他也就是我们话剧科这年级的国文老师。这以前，他已因处女作话剧《凤凰城》成功而闻名了。夏衍同志就送他一个"神童"的称号。因为那时他才刚刚 19 岁。这一下，可就不可收：《正气歌》以及《风雪夜归人》等相继问世了。

　　这位青年教师，虽年轻，但看上去很"老成"，就是说稳健得很，又是文质彬彬。他给我们批阅作文，都是用的毛笔，毛笔字我非常喜欢，他写得秀丽而挺拔。第一次上作文课，文题出的是《记来校第一日》，我就拿了一篇日记交卷。不久，在自选题的作文课上，我曾试着写了一首散文诗《拉纤人》。吴老师曾把它介绍到校友会刊上，作为发刊词之用。该会刊是为纪念国立戏剧专科学校五周年暨第三届校友年会而印发的。还有一次印象较深的是他讲过唐朝著名诗人白居易的《长恨歌》。这篇名著曾在中学时代背诵过，是由著名诗人、散文学家李广田老师讲授的。这次再听吴老师重授，别有一番新意。讲完后，在作文课上出了"孤灯挑尽未成眠"这一诗句为题，我写了一篇散文，是以抗战之初，我离家流亡南下前夜为题材的[①]。也受到吴老师极大的鼓励。

---

① 已收入本书《故乡篇》。

总之，在吴老师的教授与指导之下，我受益匪浅。可惜的是一年之后，他就离校去了重庆。

　　我一生中经历了四位国文先生，吴老师是第四位，也是我最后一位国文先生。

　　　　原载《剧专十四年》，1995 年中国戏剧出版社出版，1995 年
　　　　　　　　　　　　　　　　　　2011 年 1 月 31 日改写

狂飙集

我的启蒙老师阎哲吾先生

　　阎哲吾老师去世整三周年了。可惜，当时收到讣告很迟，没能参加追悼会。

　　所幸那段史无前例的日子过后，他曾来青岛两次。1984 年的一次由于还住在临时房里，未能畅叙；1987 年来时，是带着两个剧专的大姐来的，其中之一是五届的肖能芳，她是为建立江安剧专史料陈列馆搜集资料而来，我也赠送了几种资料，满足了她的要求。我已迁到新居。哲吾老师那年已是 81 岁高龄，身体较前次虚弱多了。请他们吃饭，海鲜他不用，请他点菜，他说一个鱼香肉丝就足够了。可惜我这业余水平的"大师傅"不会做。他只吃了小碗蛤蜊面。原以为他胃不好，只是一般性胃炎，谁料到是肝癌已将形成呢！……

　　是哲吾老师在重庆考我入学的。虽是初次见面，但抗战前，在济南就看过他导演的很多"化装讲演"（一种劝世的小独幕戏）。抗战后，过着流亡生活时，读过他的《苦闷与牢骚》，使我懂得了一些演戏生活，也从书中了解到他的为人处世。后来才知道他也是早期南国社的成员之一。

　　我还记得那次考试，给我出的题目是"过独木桥"，复试是表演一个有五觉的小品。这些试题均是报名后就发给考生预习的。

　　哲吾老师祖籍扬州，因而他是操着扬州腔的普通话。看我们表演时，总是双手捧脸，视线从手指缝间透过，大概是唯恐学生看到

1987年与阎哲吾老师（右一）相聚于青岛

他的反应吧。这是他的一大特点。

他是我学表演的启蒙老师，也是决定我事业的重要人物。说实在的，考剧专是奔曹禺老师的大名而去的，是想学编剧的。当然，年轻人也都喜欢登台表演，何况抗战开始我就参加了狂飙剧团演戏呢。当时剧专话剧科是五年制。前三年是统学，表、导、编、舞美，均要打基础。后两年搞搞专业。未来我选什么专业呢？自己心中无数。（因为过了二年级，曹禺老师就离校而去了。）有一次我问阎老师（当时他是我们班表演课的老师。表演课名为"表演基本训练"）："我能学表演吗？"（此之谓"能当演员吗？"）"当然可以。"老师毫不犹豫地回答。就此，我就选了表演专业。

在校学习，应当说我还是一个用功的学生，唯独有一次非常遗憾。在表演课进行到"动物模拟"阶段时，我因病耽搁了时间，未能备课。轮到我回课时，我只好硬着头皮走上台去，灵机一动，驼着背从台的右侧走到台的左侧。课堂里这时鸦雀无声，似乎是被"镇"住了。阎老师问："这是什么？"我回答："鸵鸟！"紧接着哄堂大笑，阎老师也笑了。我的自我感觉是"形神兼备"，从中体验到"即兴表演"的微妙处。

对阎老师，一直是怀念的，在我整理旧书时，发现了老师亲手制作的一张贺年片，是用红纸剪成椭圆形的，用毛笔书写着：

田庄
　　　同志：
蕊芳

恭祝新春多纳吉

谨凭绯笺报平安

　　绿杨野叟阎折梧

一九八八年春节　时年七十有九。

1991 年"五一"前夕于青岛

原载《剧专十四年》，中国戏剧出版社出版，1995 年

2009 年 4 月修正、补充

万家宝老师

万家宝是曹禺老师的原名。可能是鲜为人知的，特别是外界人士。

1940年秋，我在重庆偷偷地离开王泊生先生的实验剧院，考入国立戏剧专科学校时，有两位主考先生，一位是阎哲吾，另一位就是曹禺。阎先生主考表演，万先生主考台词。初试时，台词都是很简单的一句话或两三句话，比如"不好了，失了火了"之类，复试就是大段台词了。有李健吾《以身作则》中的台词，吴祖光《凤凰城》中的台词，曹禺《蜕变》中的台词，等等。

万先生让我背了两段台词。当然，我是按照规定情境和人物性格下过一番工夫的，结果效果良好。每背完一段，万先生就连声说："Good！Good！"真是出乎我的意料。过后他问我："王开时，你是哪里人？"（我报考剧专时就改成王开时这个名字了。）我回答："山东。"又问："什么县？""济南。""听你像东北口音？""和东北籍同学住一个宿舍，可能受了影响。"（在当时这种影响，我是很不自觉的。）他点了点头，笑了。以我的感受，我知道万先生对我的印象不错，内心高兴极了。千斤重担，似乎削减了一半。果然录取了！

那时我就知道他还担任教务主任之职。他的三部曲《雷雨》、《日出》、《原野》是拜读过的，已经在重庆公演的《蜕变》可惜没有机会看到。

入学以后，万先生教我们《剧本选读》这门课。这是一门"硬"课，每周作一篇谈读剧本的详细记录：作者情况、时代背景、故事梗概、人物分析、分幕说明，以及读后感等等。写起来是很吃工夫的。要把剧本反反复复细读无数遍，写出来少则数页，多则几十页。星期天和假日多半都让它占用了。很辛苦，也很快乐，自我安慰："苦中作乐。"

刚一入学校"啃"希腊三大悲剧家的作品，接着就是莎士比亚、莫里哀的作品，再后又是易卜生、契诃夫的代表作。这其中契诃夫的作品，别有一番风味。万先生称契诃夫的作品为"静的戏剧"。讲契诃夫的作品，更是细致入微。至今那些人物与场景如阿伽门农、美狄亚、哈姆雷特、奥赛罗、李尔王、麦克白、罗密欧、朱丽叶、悭吝人、娜拉、群鬼、国民公敌、万尼亚舅舅、三姊妹、樱桃园、海鸥……几乎均历历在目。万先生讲得美极了！生动极了！他上课既严肃、认真，又生动活泼。讲起课来，他以一种表演艺术家的风姿，深入到每个剧本规定情境和人物的内心世界，将学生也带进剧情之中。他讲《罗密欧与朱丽叶》这个戏的"阳台景"一场，使我们好像看了一场戏一般。难怪呵，万先生在南开上中学时，就是一个好演员；40年代，他离开剧专后，还在重庆演过《莫扎特》一剧中的莫扎特呢。真是一位戏剧"全才"——剧作家，又能导（在昆明首次公演的《原野》就是他亲自导演的），又是一位好演员。

唯独万先生的课能吸引许多外班的同学来听课，课室中常常是挤得水泄不通，虽人多，可也是鸦雀无声。

那一时期，万先生边授课边创作《北京人》。我和同班的赵锵同学有缘先睹为快，我俩是"初读者"。是教务处的方匀老师，她让我们为万先生的手稿刻蜡版，做印刷本。为此，虽然常常深夜还不能入睡，但也是格外高兴的。

有一次上课铃声已经打过多时，万先生仍未到来，这是很不寻常的。过了约半个小时，先生匆匆来到，当我们起立之后，才发现先生额角上缚着纱布，显然是受伤了。课后始知先生在路上一面走，一面构思他的剧本，撞到电线杆上了。当他创作时，废寝忘食也是常有的事。

　　几十年过去了。全国解放后，在北京是和万先生常晤面的。他的小女儿万方，一度还和我共事。那是 1980 年左右，我们同在《剧本》月刊搞编辑。她未婚，我还当她是个小姑娘。一个夏天，我们都骑自行车去看一场外国电影。她赤脚穿一双胶拖鞋。"好时尚！"我心说，还有些看不惯呢。她待了很短的一些日子就离去了。是个极聪颖的，又很持重的姑娘。

原载《剧专十四年》，中国戏剧出版社出版，1995 年

2011 年 1 月 2 日改写

焦　博　士

　　提起焦菊隐，无人不晓。早在抗日战争以前，就曾和四大名旦之一的程派创始人程砚秋开办过中华戏曲学校。至今，我们所熟知的著名京剧演员李和曾、李玉茹、王金璐，就是该校的高材生。当然，著名的京剧演员还不止这几位。李玉茹是该校有名的"四块玉"之一（也是曹禺晚年的夫人）。

　　全国解放后，焦先生曾被邀到北京人民艺术剧院导演了老舍先生的《龙须沟》，一炮打响。老舍先生为此而被授予"人民艺术家"的称号，扮演程疯子的于是之也一举成名。这个戏后来还拍成了电影。除了导演这个话剧，不久又导演了一个歌剧《长征》，是以李伯钊院长为首创作的剧本（我在该剧中扮演炊事班长申长林）。后来，北京人艺的歌剧部分分出去以后，北京人艺的院长由曹禺先生担任，焦先生为总导演，并兼任副院长，排演了很多名剧。郭沫若先生的《蔡文姬》就是其中之一。当然名气最大的还数老舍先生的《茶馆》。这个戏，在国内不但演遍了大江南北，在国外也是演出了名的。当然，也拍成了电影。

　　可是，要提到焦博士，恐怕就鲜为人知了。

　　焦博士，是40年代在国立戏剧专科学校时，我们学生对焦菊隐先生的尊称。那时，他刚刚在法国得了博士学位，就来我们学校任话剧科主任。那时学校中的教授很多，但没有一个有博士学位的。我们这些"小青年"，觉得罕见，或也觉好奇，所以就称起焦博士来了。他给我们导演的第一个戏（也或许就是最后一个戏）是莎翁的四大悲剧之首的《哈姆雷特》。我扮演丹麦国王克劳迪斯，王后葛特露由林婧大姐扮演。那时她早已毕业，在校友剧团（大有强强联合的意味）。在当时我所担任的角色中，这是最重、也最吃力的一个角色。又加上导演的要求是最严厉的，几近到了苛刻的程度，我记得有一大段国王的独白，焦博士让我背了一百多遍。使我终生难忘！

这个戏曾到战时的陪都重庆演出，是在最大的国泰大戏院。演员阵容全部为毕业后参加校友剧团的大哥大姐（我为 B 制，另参加演朝臣一角）。这个戏在当时恐怕还是首演，轰动了重庆观众。真是值得纪念的一次演出，不记得共演了多少场。但那时国泰大戏院正上演卓别林的新片《大独裁者》。我吃过晚饭就赶到后台，先看电影，再去化装，从银幕后面看，一共看了八次。可见演出场次也就不少了。

2011 年 1 月 31 日

一场空前绝后的演出

大概是 1942 年吧，剧专排演了《日出》。也可能是"凭物看戏"中的一个剧目。

单从演员的阵容看，就是一出空前绝后的演出：导演是余上沅校长，焦菊隐扮演张乔治，马彦祥扮演胡四，陈治策扮演黄省三，王家齐扮演潘经理，应尚能扮演黑三，刘静沅、张天璞（即张真）等先生均作为配角。其他角色由毕业班和高年级同学扮演。林婧大姐扮演翠喜，冀淑平大姐扮演白露，付惠珍大姐扮演顾八奶奶，温锡莹大哥扮演方达生。

值得一提的是陈治策先生扮演的黄省三和马彦祥先生扮演的胡四，可说是精彩绝伦！单看黄省三出场时，只穿一只鞋，另一只却提在手里，那种神态使观众为之一惊。总之，先生们所创造的诸多角色，给我们极深刻的印象，对曹禺先生所创造的人物形象，有了进一步的理解。确是一次典型的示范表演。

其中有一段小插曲：有一天马彦祥先生忽然叫我到办公室去，和我聊了聊家常，问了几个问题。我很纳闷，不知为什么。后来我才知道，他是想要我扮演方达生的，由于我的身高还没有演白露的冀淑平大姐高，所以改由比我高的温锡莹大哥扮演了。那年我 22 岁，不是说 23 还要蹿一蹿吗？我还没有往上蹿呢。

原载《剧专十四年》，中国戏剧出版社出版，1995 年

凭物看戏

在剧专五年生活，吃的是所谓"贷金"。由于物价飞涨，伙食是一日不如一日，最艰苦的时候，八人一桌上的菜，只有十数粒炒黄豆，或数得出的几根黄豆芽！大米饭更是粗糙得很：沙子、稗子

上图　在国立戏剧专科学校演出易卜生《群鬼》中饰演安司强（中）
下图　演职员合影，前左三为导演陈治策教授

无计其数，难以下咽。有一次校长余上沅先生进餐厅，是含着眼泪走出去的。

校长和诸多教授商议办法，如何改善学生的伙食，就提出"凭物看戏"这一招。这也是校长在美留学时曾经用过的。教授们当然非常同意。教务主任曹禺先生大力支持，积极筹办。首先是组织有口才的同学到街上和茶馆里去宣传，记得其中就有谐剧大师王永梭，让观众了解"凭物看戏"是怎么一回事。

是怎么一回事呢？就是观众来看戏，不用买戏票，只要拿着副食品即可。比如青菜、鸡蛋、鸭蛋、一棵大白菜、活鸡、活鸭、猪肉，还有送橘子、罐头的，有的还牵了一头羊。记得家境富裕的张鉴秉先生还带了一头一百多斤的大肥猪。很多礼物上有红布条、红纸条，表示隆重喜庆之意。

我们组织的节目，除本行的话剧外，还有京剧、魔术、拳术等。会京剧的同学不少，不但行当较全，文武场也很全，剧目有《四郎探母》、《鸿鸾禧》等。

后来余校长经过力争，同学们的"贷金"有所提高，兼之功课较忙，"凭物看戏"前后共举办了四次就停止了。

在数十年之后的今天，剧专老同学见面，仍在津津乐道当年这一"盛举"。

原载《剧专十四》，中国戏剧出版社出版，1995 年

2011 年 1 月 26 日改写

解放篇

到中原去

1945 年，这一年就要在国立戏剧专科学校毕业。抗日战争已到了最后关头，有望胜利了。但蒋介石是不会放过八路军共产党的。即便胜利了，蒋介石也必打内战无疑。这就是当时国内的形势。

毕业后我不愿留在校友剧团，更不想到重庆当演员。当时我有一股极"左"情绪——把这五年的学习全否定了！认为这都是资产阶级的一套。我要去陕北、去延安，到鲁艺重新学习。这是我毕业后的第一志愿；第二志愿是到大后方的"民主圣地"——云南昆明；最后一个志愿，是到北碚陶行知先生办的育才学校教书。

已经到了这年的四月份，形势所迫，三个志愿全成泡影。几个进步的同学和我商议决定到解放区去。因当时主持中南局的周恩来副主席号召大后方的知识青年到解放区去参加新四军，我们决定响应此号召。领头的是孙敬豪，还有吕兆修（吕艾）、陈文绪（路棘），连我共四人。

事已决定，还是早离开学校为好。因为我已知道毕业公演的剧目，陈老夫子（陈治策教授，我们对他的爱称）已经决定演契诃夫的《万尼亚舅舅》，并且角色也已派定，只是尚未公布。我是饰演老教授一角。觉得公布了以后再离开，有"拆台"之嫌，不如早离校为好。要离校就得请假，要一个名正言顺呵。杨村彬教授是负责教务处的，找到他那里去请假。理由有二：一是经济困难，连买邮票、草鞋的钱都没有；二是正巧演剧五队在印度加尔各答，到重庆来招演员，我们（和吕艾）要去考试。他听了以后现出很为难的样子："我做不了主啊！"谁能做主呢？当然就是余上沅校长了。

我和吕艾两人到校长家里请假不下三四次，均未批准。有一次我们又去了，校长和师母正出门，说是给师奶去扫墓。我灵机一动，向吕艾递了一个眼色，意思是"跟着一块去扫墓"。到了郊区墓地，他们叩头，我俩也跟着叩头。这一次还没有白去，因为在这次以后就准了假。或许是我俩感动了校长，使他发了恻隐之心也未可知。后来每每谈及此事，我们总觉是很可笑的。

在离开学校之前，还曾做了两件事：一件是和吕艾、吴乾元（在我们以后也去了新四军）三人合编了一期诗刊，我起名为《惊蛰》，意谓警示同学们关注时局，采取革命行动。接着很多进步同学如雨后春笋，出了多份壁报。另一件事，是由我主持召开了一次壁报联谊会，聚集进步同学畅谈了国内形势，得到了很好的效果。参加会的同学，在以后的日子里多半也参加了新四军。

1945 年 4 月 23 日，我们离开了学校。我们四个人是分别离开的。到重庆后，我们分散住在亲友家里。我住在哥哥王企羊的宿舍里。他在一家保险公司做职员。这是为了避免目标过大，惹人注意而发生意外。无事可商量的时候，谁也不找谁，也少出门。

在重庆我们要办三件事：一是筹措路费，到中原去的全部路费都是《新华日报》社党组织给我们提供的。但我们自己也要尽量多带些路费，以防不测。我只有请哥哥筹措了。哥哥对我这突如其来的决定，又惊讶又忧伤又牵挂，后来在他的日记中我看到，当我离开重庆的那一夜，他如万箭穿心！二是办理通行证。我们要绕道湖南津市，然后再在津市找关系，向湖北走。《新华日报》的党组织确定，要我们装成到津市找工作的重庆失业小职员，帮我们办了一份"离境证"。这个证是由重庆卫戍司令部盖的章。三是到《新华日报》社编辑部会见刘光同志，听取党的安排和指示。刘光同志的办公小楼，外通生活书店的后门，由生活书店可以入内。但生活书店里边和门外，经常有便衣特务监视行人的出入，发现可疑者立即盯梢。所以进时要快，出时要甩。根据这种特殊情况，孙敬豪领我们于启程的头一天下午，先悄悄溜进生活书店，装作买书，乘无人注意，快步入内。刘光同志是《新华日报》青年版的主笔，负责青年运动工作。曾在苏联留过学，是个很有学问、很有远见的人。一见面，他就把那只热情的大手伸过来，和我们一一握手，让座倒茶，和蔼诚挚可亲。他讲了一些路上的情况和应注意的事项，并鼓励我们说："你们到那里都是干部，要好好地干！"最后他又向我们交代了接头的暗号："到余家埠，找廖政委。"

我们是 5 月 1 日晚上离开重庆的。同行的一共六人，其中有临时增加的两位新伙伴，一位是剧专的女同学吴国珍（丹敏），另一位是国民党中央电台的职员张涛。在朝天门码头，我们登上了东去的"长虹"客轮。企羊哥送我到船上，几句最后叮嘱的话后，掩面握别！

经过化装，丹敏和张涛扮成夫妻；孙敬豪和陈文绪成为小学教师；我和吕艾是小职员。我们在三等舱，坐在各自的行李上休息。一个多月的紧张忙碌，好像都被长江的大浪冲走了。我们默默地坐着，谁也不开口说话，甚至谁都不看谁一眼，宛如陌路。

第二天早晨，当朝霞映红天际的时候，到了万县。那时，由重庆开往东去的轮船只能开到万县。我们在万县住了一夜。翌晨，我们乘一只运盐的帆船继续东行，到达三斗坪后，就开始步行山路了。我们前面是由崇山峻岭形成的母猪峡，从它的"屁股"里钻进去，打它的"嘴"里钻出来，上上下下、曲曲折折，在母猪峡的肚子里钻了整整一天，腰酸腿疼，气喘吁吁。有的人脚上打了泡，痛得咬住牙，我反倒无事。但大家还是乐从中生，不断发出爽朗的笑声。从湖北三斗坪到湖南津市，共步行了七天。头几天都一帆风顺，平安无事。不料第六天午夜，发生了一件使人非常震惊的事情。

当夜幕降临的时候，我们才赶到一个场子。这个场子相当大，有一条三里长的大街，里面驻扎着一连国民党的部队。由于贪黑赶路，来到这里已是九点多钟了。我们六人找到一家饭店共同吃了一顿晚饭，分头找到住处。我和吕艾挤在一家客店里。我俩刚刚睡下，忽然响起一阵急促的敲门声，还没来得及下床，就闯进来四个国民党大兵，两个冲到床前，两个守住门口。冲到床前的恶狠狠地操起了手榴弹，守在门口的哗哗啦啦地拉着枪栓，并大声号叫着："起来！起来！走！走！"真是如临大敌。就这样，四个大兵挑着四只灯笼，两前两后，把我俩夹在中间押走了。我心中惴惴不安，一面走，一面想，难道我们暴露了？我一时虽有些惊恐，但随后又镇静下来，终于走进了连部。

他们的连长亲自出马，反复盘问我们家住哪里，姓甚名谁；从何而来，到何处去，干何营生，到津市又有何贵干等等。当他们听说我是山东人时，当即紧张的气氛就缓和了下来。原来和他及有的大兵是同乡，这可成了"老乡见老乡"了。我也松了口气。又听说我是当文书的，便发生了兴趣。他们都是"文盲"，正找不着写信的人，便让我给他们一封一封地写起信来，再也不盘问我们了。一时倒显得有些清静。我一面写信，一面想，他们对我们的动向肯定没有觉察，看样子不像在追查什么政治问题。信写了好几封，将近黎明，连长发话了："送他们回去吧！"于是一幕"闹剧"便就此结束了。送我们的只有两个大兵。回店后他们却站在门口迟迟不走。我们犯了疑，难道事情还没完结吗？这时老于世故的店掌柜走了过来，对我们悄声说道："客官，你们出点血吧！"他的话提醒了我们，急忙到街上买了两条香烟，才算送走了瘟神。

事后我是这样判断的：是店老板捣的鬼，我们"得罪"了他。当地习俗住店很便宜，店主主要是赚饭钱，偏偏那晚我们没有在他店吃饭，他就招了大兵来，诬我们是"汉奸"。连长看了我们的通行证，这个罪名就成了泡影。

我和吕艾受的是一场虚惊，孙敬豪他们四人所受的却是一场实惊。听说我俩被捕，他们于深夜三点多钟便登程向津市出发了。这也是可以预料的。事先组织上曾经交代过，倘若有人出事，能营救的则尽可能设法营救，如不能则继续向中原进发，不可因个别人的不幸而影响整体。

我们彼此都渴望着能够及早相会。果然，先到津市的四位同学，已经等候在城西北的一块高地上，向我俩频频招手了！

从重庆到津市，经过的地方都是国统区，从津市到中原，除国统区外，还要经过日寇占领区。我们对这段路上的情况不大了解。由重庆动身时，《新华日报》社特地写了一封信，要我们带给津市四川商行的吴经理。这位经理向我们介绍了一些情况，我们又在客店里、饭馆里、澡堂里，打听了一下。才知道在这条路上只有商人和返乡探亲的人才可通行。在津市我们只能逗留三天的时间，我们这次要彻底轻装，我把所带的被褥、书籍、衣服等均变卖了，却有两件东西舍不得卖：一件是那部厚厚的英汉大词典；另一件是我哥哥送我的金笔，是他从仰光带给我的英国史蒂芬牌的自来水钢笔。舍不得也不行呵，这两件东西，怎么能通过日本占领区呢。只好还是卖词典，钢笔也丢到水塘里了，只留下了金笔尖。把它捆在草纸里，必要时，可随时丢弃。

就这样，东西卖光了。然后到理发店剃了个光头，买了一套粗布（紫花布）的中式裤褂。"知识分子"的形象就去了一大半了。我们特别选了湖南的油纸雨伞，扮作小商贩。除我之外，还有孙敬豪和陈文绪，丹敏和张涛仍扮为夫妻，是回安徽老家探亲的。吕艾扮作去汉口做大生意的商人。吴经理又给我们介绍了一个跑单帮的队伍，说跟他们一起走没问题，到了目的地甩掉他们就是了。

沿途关卡很多，盘查甚严，但都顺利过去了。在藕池口，日军设立了一座炮楼。这炮楼也和其他日军占领区的炮楼一样，周围是很高的寨墙，寨墙外是深沟吊桥，吊桥外设双岗。炮楼方圆数十里杳无人烟，在荒草中延伸着一条惨白的小路，正好经过炮楼门前。有两个日本兵在这里站岗，旁边放着一只收"买路钱"的大木箱。

这是去江北的唯一通道，但要过去，必须在百米外集合排队，听候岗哨的命令。只等一声"八格牙鲁，开路开路"的号叫，我们这条长蛇队便开始行动了。一路小跑，可没有忘记往那个大木箱里丢钱。否则，便会被戴上蔑视皇军的帽子而遭杀身之祸！

这一大关，总算过去了。我捆在草纸里的金笔尖，是塞在雨伞里的，安然无恙！到了解放区补上笔杆，我一直用着。

过了藕池口，我们就找了一个机会脱离了单帮队，自行走路了。一路上，我挑了十把雨伞，每头五把，也是很重的。我就雇了一个挑夫代我挑。

长途跋涉二十七天，行程三千多里，终于到了余家埠头，找到了廖政委。这一路经过的是湖区，我们乘了船，船上的老艄公在聊天中常常伸出四个指头，说"四老板"如何如何，原来就是指的新四军，从他的语气中透露出对新四军的无限拥戴。

我们被送到湖北潜江县的新四军第五师的第三军分区的司令部。廖政委就是这个司令部的政委。"到了家了！"这就是我们当时的心情。很快带我们到政治部报到。这时我们才知道司令员是贺炳炎，政治部主任是刘放。他高高的个子，河北籍人，和蔼可亲；文教科长是王匡，个头较矮，广东人。他们都是南下干部。解放后，据我了解，刘放同志曾在政务院工作；王匡同志是最早到香港工作的。我们这三组人吕艾先到，第二天丹敏、张涛也到了。我和孙敬豪、陈文绪是第三天才到的。因为我们三个人都挑着雨伞，刘放同志很幽默地说："这一来，我们的战士可不怕下雨了！"当然，我们都受到极其热情的接待。

当天晚上，就由孙敬豪把我们到达中原的情况通过政治部转报重庆《新华日报》社的党组织。此后，约有三百多名青年学生（仅国立剧专就有十七人），从这条路上陆续来到中原解放区，投入为中国人民求解放的革命洪流，也揭开了他们人生中新的一页。

三军分区政治部下属有个文工队，我们就被分配到这个文工队工作。因为我们五个人都是剧专来的，只有张涛被分配到别处去了。工作是崭新的，同志们是陌生而热情的，阳光是明媚的，使我有一种自己的整个身心都获得了解放的畅快之感。

大家精力充沛，从早到晚不停地工作。白天唱歌、排戏，夜晚演出。因为还处于游击区，演出在夜间进行。太阳还没落山就吃晚饭，然后背了道具出发，每次演完回到驻地都已是天亮了。

游击区老乡的生活都很穷苦，当然，我们的生活也是一样。但大家都以苦为乐。隔些日子我们就到塘里、河里去打捞鱼虾，到山野挖"地皮菜"改善生活。我们都穿上了新四军的深灰色土布军服，还有白粗布衬衣。湖区夏季来得早，蚊虫很大也很厉害。吃过晚饭，太阳还没完全落山，它们就活跃起来。我们把军服的翻领竖起来掩护脖子；将裤腿脚捆起；再扎住袖筒，以免蚊虫钻入。

我们的演出也是在极端困难的条件下进行的。有一次我给楚剧队演《血泪仇》的王老汉，化装粘胡子时，弄不到原料做酒精胶，临时在镇上药店里买了两贴膏药来代替（这也是抗战初期演《放下你的鞭子》时用过的办法）。

两个多月过去了。在这里认识了一位小同志，他就是后来又在石家庄相遇的舒铁民。当时他也就是十四五岁，在学着吹笛子。那时他是叫舒天民。这是我直到今天在解放区认识的第一个人。我们一直有密切的联系。他仍在北京中国歌剧舞剧院，成为一名作曲家。值得一提的是他姐姐舒赛同志，是第一个给林彪贴大字报的人。当然受到了迫害。

在这过程中，从大后方（主要是从重庆、成都等地）陆续来的人逐渐多起来，多半都是学生，其中大学生也不少，我们剧专的同学也来了。他们都是三五成群或十个八个。他们均没有在这里停留，继续往新四军五师师部驻地大悟山去。听说那里也有一个文工团，有部队护送，我们几个同志也就同他们一块出发了。

都是二十来岁的青年，一路说着、笑着、唱着。但是为防止敌袭，多是夜行军。为防止"掉队"，每人背的行李上都钉上一块毛巾。毛巾是白色的，在夜间可以看得见。夜行军打盹的事可多了，我就有行着军睡觉的经验。有时前面队伍停下了，头就撞到前面同志的行李上，这才惊醒了。

路上我遇到一件尴尬的事。因为睡地铺，大家挤在一起，我被染上了疥疮，周身蔓延开来，弄了一身浓泡疥，走路成了问题，只好留在附近医院里。是所野战医院，在一个小山头上，也就是几间简陋的茅草房，简陋的医疗设备，但治疗疥疮是绰绰有余的。医生同志对我这大后方来的照顾得无微不至。每天给我用灰锰氧水洗、上药。她们都是十几岁的女护士，我真有些不好意思。当时我行动很不方便，人家给了我一支竹竿，当手杖使用。我是轻病号，每天伙食外，再加三角钱的"营养费"。我交到伙房，托司务长去镇子买猪肝回来蒸蒸吃。住院二十三天，疥全好了。我出院赶上部队，大家都说我胖了许多（我生平就此一次，再也没胖过）。

有一天夜行军，忽然传来消息说："鬼子投降了！"我不相信我的耳朵，连连问了两三遍，才知道确实是真的。由于是夜行军，不许说话，更不许高呼，只能将无限的兴奋与欢乐压在心底。大家无形中加快了行军的步伐。直到次日天亮打尖的时候，整个队伍才沸腾起来。

到了目的地，我们几个剧专的同学被分配到十三旅文工队。在这里——我到解放区学习的第一课，就是扭秧歌。这对我来说并不难，因为在剧专有学习舞蹈的基础。不但很快学会，而且扭得还很好。我们下部队，搞文娱工作，主要靠的也就是教唱歌和扭秧歌。记得刚到部队不久，宣传科给了我们一个任务，说当地酗酒成风，让我们编一出酗酒的害处之戏。我和许伯然就将苏联的《可怜的裴加》这出小戏改编成《醉鬼》。我演醉鬼，陈一非演妻子，许伯然演医生。这个醉鬼喝酒后回到家中时，妻子和医生都假装没看见他，把他当成死人了。他和谁说话，谁也不理他，假装听不见，最后他也自认是醉死了，懊悔不迭。演出后，效果很好。

从此后，我一直又导又演，多半都是从延安带来的秧歌剧，有《兄妹开荒》、《夫妻识字》、《牛永贵负伤》、《钟万财起家》、《赵富贵自新》，还有大型秧歌剧《周子山》，以及李累编剧的《喜欢新四军》等等。有一次在根据地营救了一个美国飞行员，由陈一非编了一个以此为内容的独幕剧《营救》，在一个晚会上演出。我在剧中饰演了这个飞行员。我记得丹敏同志很热情地帮我化装。她找了一些红土为我染发。演出效果强烈，增进了中美联合抗日的同盟友好。

我们的副队长、指导员杨景晟同志，是南下干部，是一个小提琴手，是延安部队艺术学校毕业的，是我们乐队的主力。我们演的秧歌剧，都是他拉的小提琴。1946 年 6 月一个晴朗的夜晚，他约我在场里散步。谈话中，他问我："加利，你愿意入党么？"对这问话，我不觉"陌生"，因为当时和我同来的同学中有的已经入党，有的也在酝酿之中。"当然愿意。"我几乎是没加考虑地立即作了回答。也是由于我的工作和在生活中各方面的表现，觉得是有希望的。但我还是很诚恳地问道："我够格吗？"指导员说，根据你的工作和生活中各方面的表现，支部研究了，同意让你入党。你就简单地写份申请书吧。当晚我就把申请书交到了支部。在不久后的一个日子，在支部大会上就宣布了我加入共产党了，候补期半年。

顺便提一下。我参加新四军时，用的名字是尤加利。在戏剧专科学校用的名字是王开时。参军后，为了怕影响大后方的亲友，必须改一下名字。怎么改成尤加利呢？因为我有一个志愿是要到当时的"民主圣地"昆明工作。昆明的气候也好——四季如春。它的街道树多半是一种法国梧桐。这种法国梧桐就名为尤加利树。昆明没去成，就以此作为了纪念。至于它带给了我后来的"灾难"，当是后话了。

在这里。我还有一段骑马的历史。

当时部队没有汽车，也没有小型吉普。首长都是骑马。我们这个文工队是属于新四军第五师（师长李先念）第二纵队十三旅。队部就设在旅部驻地。我发现每天清晨，天刚发亮，小马夫就牵着旅长的马，到山坡间遛马。看见马我又好奇又羡慕，从心里喜欢。我从小就喜欢骑自行车，不是当交通工具，而是骑着好玩。现在看见马了，我想骑马比骑自行车更好玩吧。这样我就和小马夫同志拉好关系了。最初是和他一块去遛马。常了，他就叫我"尤大哥"，我就叫他"小马"（其实他并不姓马）。有一天，我就说，"小马，我骑骑好吗?"他很高兴地答应了。这马并不是一匹高头大马，他帮我很容易地骑上了。马也不"欺负"我，我们好像也成了"熟人"。最初骑得较慢，后来练得越骑越快，再后来就可以满山遍野地快跑起来了。哎呀，真过瘾呵，比骑自行车过瘾得多。

　　这就是我的一段骑马的历史，是空前的，也是绝后的，从此，再也没有机会沾到马的一点点儿边。

2010 年 7 月 19 日

中原突围

1946 年 6 月 26 日，国民党军兵分四路，开始围攻中原解放区，并计划于 7 月 1 日发动总攻击，妄图"一举包围歼灭"中原军区部队。当日晚，李先念指挥六万将士主动战略转移，分路举行中原突围战役。

1946 年 6 月 26 日这一天，我们文工队晚饭开得特别早，太阳还没落山呢。要"轻装"，前些日子我们得到一批救济总署的服装，我也分到一身，我就把长裤子剪去一半，做成了短裤。又轻又凉快。方西队长也让我们把刚制作的绿色斜纹布大幕剪成小块，发给我们每人一份当包袱皮用。

突围，我们也只有跟部队走。这次行军不一般，步伐较快，有时还需要小跑，才能跟上部队。整整一个夜晚，天亮后，正赶上我们队伍须经过一条宽二十来米的旱河。我们右侧方山头上的国民党部队用机枪扫射，我们只好猫着腰急速向前跑。子弹嗖嗖地射到我的身右边，扬起了尘土，幸好通过了，是提着一颗心通过的。若中上一粒子弹，当场不死，也休想再活下去。

过了这段旱河，又走了一段路，已经是机枪射程达不到的地方了，队伍原地休息。计算一下，已经走了十几个小时的路程。刚刚喘过一口气，"轰"的一声，一个大火球从山那边落下来，离我们休息的地方没有多远。部队上的人说，是山后射过来的一颗迫击炮弹，幸好没有人伤亡。我们部队赶忙集合继续开拔。

大休息、大休整，我记得是到了一个叫柳林的地方。在这里，整整休整了三天。当时有个规定：凡老弱病残者，可申请离队赴邯郸。本队的吕艾已经先走了。路深和我商量也要去邯郸。因为当时我俩身体都不好，我那时又犯了老病——打摆子（疟疾）。我们就被批准了，离队去邯郸。宣传科马焰科长开了介绍信，去找留守河南的张难同志。在这里住了几天，主要是设法制作沿路用的通行证件。我和路深都是国立剧专来的，用学校的毕业证书是合适的，我熟悉毕业文凭的格式，更熟悉校长余上沅的蓝印签字。可是当地没有刻印铺，须到几十里外的一个小镇。而这个小镇还没有解放，过去曾是"三不管"地区，国民党、日本鬼子和新四军轮番占领，现在国民党还在。路深留守，只有我一人去。人家问我："会使枪吗？"我是一个文艺兵，从没摸过枪，可也是一个新四军呵，说不会使枪，有些失面子，就硬着头皮说："会使，会使！"人家就将一个"歪把子"枪，给我插到腰里了。外面上衣掩盖着。这样就出发了。走了大半天，到了小镇子，太阳还没落山。还好镇上没有国民党。立刻找到一家刻印铺，共印两个章，除校长的签字，主要的是那枚官章（有国立戏剧专科学校的）。多付些钱，明早就去拿印。找了一个小旅店住一宿。这一宿简直没怎么睡。一大早就去拿印，没吃早饭，就赶回驻地。将枪交回去，笑着说："谢谢您，可惜没用上！"

　　很顺利，竟然找到两张很好的白纸，很适合当文凭纸，很快两张文凭证书就制作成功了。路深很满意，连声说："真像，太好了！"光有证书还不行，还要有说辞。路深是河北人，我们正好是要到河北去，就说我们是一同回家乡谋生的。随同我们一块的，还有马科长新婚不久的妻子汪诚同志（她也是我们文工队的成员），就扮作路深的夫人。

　　一切准备完毕，我们要择期上路了。驻地离平汉路较近，当时还在通车，为了安全，我们要找一个小站上车，就到驻马店以南一个叫明港的小站买票上车。快到铁路边，果然就碰到了国民党的岗哨，幸亏有这两张证件，顺利过关。我们知道，中原突围后，平汉铁路沿线查得很紧，防备甚严，铁道两旁碉堡排得密密麻麻。在车上还比较安全，可是我们心里还是紧张万分。到了郑州，车停的时间较长，我们还各自写了家信发出，以报平安。车到终点是安阳，住了一宿，次日一大早即雇大车北上，出安阳也盘查，但并不紧张，就过去了。出去安阳就到了较安全的地带，再往北走，到了磁县，就是解放区了。再往北走，就到了邯郸，到了目的地，我们五师的干部留守处。这里正在搞轰轰烈烈的土改运动，我第一次看见斗地主的场面。

在邯郸住了一个时期，我得到住白求恩和平医院的机会，治好了疟疾。然后参加了学习班，又写了自传。主持留守处的是易家驹同志（解放后听说他在国务院工作）。他看过我的自传后，就派我到北方大学任教。我很吃惊，我说："我到解放区主要是学习的，任不了教。"他笑着说："在解放区任教也是学习呀——可以一边教书，一边学习嘛。"我无话可说了。在这以前，五师干部有两个去处：一是东北，另一个是山东。我虽是山东人，但我当时并不想回山东去，我想去东北。因为在丹东有个电影厂，我要搞电影了，所以想到那里工作。可是等我从医院出来以后，去东北和去山东的大队全都出发了，单独一个人是不能去的。

我只能去北方大学了。

2010 年 4 月 1 日初稿
2010 年 8 月 15 日定稿

在北方大学

当时北方大学设在邢台，离邯郸不远，是邻县。

原来北方大学里有一个文艺研究室，也就是后来由光未然（张光年）主持的北方大学艺术学院的前身。这个研究室的主任是文学家陈荒煤同志。荒煤同志是兼职，他当时是晋冀鲁豫边区文联的主席。研究室分戏音部、文美部两大部门。易家驹同志的介绍信就是写给荒煤同志的。见到荒煤同志，他就说："我给你找个熟人去。"熟人来了，原来是朱平康，是我在国立戏剧专科学校的大师兄，他已改名叫夏青（全国解放后，他曾任中央文化部政策研究室主任）。他和荒煤同志同是从延安南下，曾是鲁艺的教师。现在是戏音部负责人之一，负责音乐部。我被调到戏剧部，负责人是赵起扬同志（他曾任北京人民艺术剧院副院长）。和我同来的路深同志，就到文美部学习。这个部分文学、美术两部门。文学部由文学家葛洛和诗人鲁黎负责，路深就入了文学部学习，和乔羽是同窗同学。美术部由美术家罗公柳负责（葛洛同志曾任《人民文学》编辑部主任；罗公柳同志曾任中央美术学院教授）。

报到后的第一天，由大学的秘书长带我去会见校长范文澜老师，当时我还穿着新四军的制服，像个"军人"，不知为什么，有些不好意思。范文澜我是知道的，是历史学家，早已闻名的，是一位著名的马克思主义史学家。他一口的河南话，高高的个子，和我亲切地握手，知道我是中原突围过来的，关心地慰问道："辛苦了！"使我非常感动，我几乎要流泪了。当时他正患眼疾，有一只眼被蒙着。这次见面，给我留下极深刻的印象，也促使我在后来的日子里，很好地阅读了他的近代史著作。

我和赵起扬合作得很好，条件的限制，我和他睡一张床。他也是鲁艺的学生，他在《白毛女》里首演了赵大叔这一角色。也许正是他首演，作者才让这位大叔姓赵了。

由于遭到国民党的轰炸，我们离开邢台转移到太行山一带学习，曾经到过潞安、长治等地。给我的第一个任务，是创作了一部《翻身花鼓》，记得还是荒煤同志下的这个任务。由左江作曲，我作词并导演。女主角是张玮同志，她原是在新疆工作的。演出很成功，后来我又导演了歌剧《刘顺清》（记得是歌颂劳模的）。和赵起扬一同导演了《白毛女》。我们是经过排戏和演戏教授学生学习表演的，效果很显著。

研究室的学员来自四面八方，有北平来的学生，还有大学生，水平参差不齐。但是出了不少有成就的人才。如著名词作家乔羽，散文家路深（曾是石家庄文联负责人），女作家于雁军，舞蹈家李正一（曾是舞蹈学院院长），张玮（戏剧家张庚同志的夫人）曾是中国评剧院的著名导演和院长，历声曾是某音乐学院的教授及院长，冯霞是中国评剧院的导演，等等。

我在北方大学待的时间不长，就要南下回部队了，所以在刚刚成立艺术学院时，我就离开了。

我离开北方大学，在去冶陶报到时，途中遇到了五师政委陈少敏同志，我们都亲切地叫她陈大姐。她问我："你到哪里去？"我说："我去报到。"她笑着说："就算你已经报到了！"

我虽是"报到了"，但却永远离开了部队。事情是这样的：

我到了冶陶后，晋冀鲁豫边区政府成立了一个人民文工团，需要大量人员，他们知道我又能演，又能导，非把我留下。当时的团长是从延安来的刘仰桥同志。我说："我不能留下，我已经向陈大姐报到了。"他说："你愿意留不留呢？"我说："留不留我自己做不了主——我服从分配吧。""那好，我们替你做主，陈大姐那里我们去说。"我组织观念很强，但内心还是想留下。

这样，我就留到了人民文工团。

2009 年 10 月 31 日夜初稿

2010 年 8 月 16 日定稿

在人民文工团

　　文工团设在太行山冶陶的一个小村庄，叫河东村。基本成员都是从延安来的，多是延安党校文艺研究室的同志，这些同志中有很多又是鲁迅艺术学院毕业的。除刘仰桥团长外，主要成员有金紫光（据说他在延安是很有名气的四大忙人之一。我记得另一位忙人是漫画家钟灵，我见过他。北平解放之初，我们到中南海演出时，他仍忙来忙去）、卢肃（《团结就是力量》的曲作者）、于村（曾在新疆工作过，后去延安）、歌唱家李波（首次演出《兄妹开荒》的主角，又在头版《白毛女》中演地主婆者），还有管林（在电影《白毛女》中饰二婶子），以及南下干部海啸、谷风、杜利等，另外一部分是演剧二队的石一夫、方小天、严青等，随他们来的还有从新四军去延安的程若同志。导演刘郁民同志在大后方重庆时，是应云卫主办的中华剧艺社的演员，后去延安的。

　　我记得在这里，我参加导演的第一个戏，是大型秧歌剧《周子山》。演员阵容很强：于村饰周子山，卢肃饰马红志，管林饰其妻，刘郁民饰杨团总，我饰张海旺，是一个极刚烈的汉子。

　　最大的一次演出是《解放了的堂·吉诃德》，是为配合土地改革而演出的，剧本是苏联卢那卡尔斯基的作品。堂·吉诃德由于村饰（于村是个高个子）、他的仆人桑丘由较矮较胖的石一夫饰，我饰国王，王后由孟波的夫人严金萱饰。当时物质条件很差，堂·吉诃德用的长剑和头盔是个难题。当时我任剧务主任，只好跑到附近的一个兵工厂想办法。他们知道我的来意后，大力支持。我给他们画出了设计图，特别嘱咐长剑的剑头要铸上一个小圆头，以免伤人。长剑很快制成了。可是头盔还无着落，真是愁煞人！当时我住在一户老乡家，清晨起来，忽然发现在老乡的门旁乱石中，有一个破铜盆。我拿起来一看，非常惊喜，它和剧本插图上的头盔极其相似。我赶快去问老乡这铜盆还要不要，"这个破盆早不用了！" "老乡，把它卖给我吧？" "卖给你，你要它作甚？"我说明了用处，他笑着说："拿去吧，拿去吧！"可是八路军是不拿老百姓一针一线的呵，我从口袋里掏出几张票子，放到屋内就跑了。

1948年冬中原战士聚会于刚解放之石家庄，与人民文工团战友合影。前排左起王燎莹、李吟谱、田庄、杜利，后排左起程若、谷风、舒铁民

这个长剑和头盔演堂·吉诃德的于村同志喜欢得不得了，为他主演的堂·吉诃德增添了极多光彩。这两样"道具"要能保留至今，那可成了中国话剧史的珍贵文物了！

在河东待了较短的时间，那时石家庄已经解放。我们就迁到石家庄去了。刘仰桥团长已调走，李伯钊同志接任团长。在这里我们排演了一部歌剧《赤叶河》，是文学家阮章竞写的剧本，主演是方小天、谷风和石一夫，我演的是王大富。这个戏的首演就是在石家庄，我们也就是带着这个戏进的北平。

我们这个团曾随部队去打太原，但走到中途停了下来，据说太原不好打，部队掉头说先去打天津，这已是到了1948年的年尾了。

在随部队打太原之前，我们还参加了一段土改复查工作。我们团分了几处。我被分到冀南威县的一个小村庄。本团的还有金紫光同志和另外一个较年轻的同志，已记不清他的名字了。带队的是一位姓郭的老干部，不知道他是哪个单位的。另外还有作家欧阳山夫妇。我们这一队总共是七八个人吧。到了后期，又新来了一位女同志，较年轻，穿了一双白色运动鞋，显得很特殊，因为在那个年月几乎看不到有穿白鞋的。过了几天我们才知道她叫王前，是和刘少奇刚刚离了婚的。还有一件我们看不惯的事，就是她吸烟，那时年轻人吸烟很少见，何况还是个女人。

我们的工作，是按各街道分配的，有的是一个人，有的是两个人。我一个人被分配到北街，在一家姓张的家，男主人没有了，女主人，没有名，就叫王张氏，已四五十岁了。她拉扯着一个小男孩，还有一个男孩的姐姐。这位姐姐很年轻，也就是二十刚刚出头。据说是已嫁过人了，不知为什么，老住在妈家，帮着母亲忙家务。我除在街道工作，就在这家蹲点，白天在她家吃饭干活，那会正是忙着夏收时节，起早打黑忙着收割麦子。我还是第一次下田干农活，年轻，也还力壮，加之又是个所谓的积极分子，所以不遗余力，十来亩地，很快就收割完了。当然，在张家受表扬，在队里也受到表扬。夏末秋初时我们结束了工作，各回单位。临走的那天上午，王张氏出村送我走出老远。分别时，硬塞给我几角票子。我告诉她等北平解放后一定去北平玩玩。她含着泪一直在点头。

我和作家欧阳山就是在这时相识的。那时的欧阳山也不知多大年纪，也就是五十以下吧。不矮的个子，并不瘦，留有小胡须。广东人，总是微笑着，给人以亲切的感觉，没有丝毫"架子"。尤其是对我们年轻人。他比我们有钱，常自己加餐，买了肉，自己烧。他用的烧肉盆是个洗脸盆，我们都笑他，他也不觉得什么。更厉害的是，有的同志说这个洗脸盆他还撒过尿，我是不大相信的。

他作《三家巷》的时候，已是解放后他到广州定居的时候了。可惜这部书我一直没有看到。

还有一件小事，也值得一提。那就是我从威县回石家庄的路上，都是步行，经过赵县，亲自走过了赵州桥。真看见桥上的马蹄印。传说这是张果老骑驴桥上走时留下的。

我们回到石家庄不久，就连夜往北平赶。差不多是每两人一辆胶轮大车，在车上盖着棉被睡觉，也睡得不踏实，一会醒，一会睡。这时北平正在和平谈判，清华园一带已经解放，我们就住在清华园。在这里我访问了李广田老师，相隔近十年，我们已成为名副其实的"同志"了。我详细地谈了我这近十年的经历，他鼓励我在即将到来的新中国要努力工作。真想不到这是我和老师的一次永诀呵！

远处的炮声从稀疏到逐渐消失，最后再也听不到了。原来和平谈判已经成功了。

我们在清华园一共住了三天。每人发了三天的口粮——十几个馒头，预备进城吃的。我们怕发霉，也不知哪位"智者"的发明，把它切成片，放在暖气上烘干，这样一来，又好吃又可保存。

进城的那天，天气晴和，一点没觉得冷。我们是分散走的。吃过早饭出发，进城之后，太阳还没落山。这一路，给我印象最深的是经过卢沟桥。桥上的狮子还不懂得"欣赏"，只觉得很好玩。

进得城后，自愿夹道欢迎的人很多，特别是那些人力车夫（所谓拉洋车的），站在车上频频鼓掌。

我们的住地是北池子，就是在这里住下了。我们人民文工团是在华北局的属下，所以就改名为华北人民文工团。进城后，只有两出歌剧上演：一出是华北大学三部的《白毛女》；另一出就是我们的《赤叶河》。《赤叶河》曾在铁道部礼堂演出过，就是作家王蒙在这里看过的那一次。

到了这年的 10 月，中华人民共和国成立了。我们团当然都去天安门参加了庆祝大会，亲耳聆听了毛主席高声宣布的："中华人民共和国中央人民政府成立了！"

关于庆祝大会的热烈场面，我就不赘述了。谁没在电视上看过那个伟大的场面呢?

我们团为了庆祝这个伟大的日子,和部队的抗敌剧团联合演出了话剧《胜利渡长江》。部队的同志演解放军官兵,我们演老百姓。我演的是老艄公程百合,管林演的是一位帮船的大嫂,丁玲同志也参加了导演团。

2010 年 11 月 25 日

北京人民艺术剧院的成立
以及歌剧院的诞生

1950 年，我们这个华北人民文工团，曾一度附属于中央戏剧学院，因此就改为中央戏剧学院附属歌舞剧院，曾演出过歌剧《打击侵略者》。不久，又脱离了中央戏剧学院，成立了北京人民艺术剧院，院长是李伯钊同志。剧院里有剧团、乐团。剧团又演话剧，又演歌剧；乐团是个管弦乐团。这时的北京人民艺术剧院进了很多新人。像于是之、英若诚等就是此时进来的。演出的第一个大戏，是一部苏联的话剧《莫斯科性格》。剧本是我剧专的同学王金陵翻译的（她是王昆仑的女儿）。刘郁民导演，主要演员有我剧专的大师姐叶子、徐玲、管林、方小天、石一夫、金犁、于是之以及其后来的夫人李曼宜。我演的是一位叫克利伏胜的工程师角色，在戏中和曼宜的角色是一对新婚夫妇。是之和曼宜也是有段戏的。后来他们由恋爱而结婚和这出戏是分不开的。那时还没有首都剧场，更没有天桥剧场，是在东华门原真光电影院演出的。

1950 年作者（左）与卢肃院长

这时北京人民艺术剧院还成立了一个训练班，由管林、程若和我负责管理，我主管业务，教舞蹈和表演课目，像李德伦的妹妹李滨，李曼宜的弟弟李百成，海啸的夫人朱英都是训练班的。

1950 年北京人民艺术剧院学员培训班合影（后排左三作者，左二程若）

1950 年话剧《莫斯科性格》公演，作者饰演克利伏胜（右）

话剧《莫斯科性格》剧照。于是之（左）、李曼宜（中）、作者（右）

北京人民艺术剧院的成立以及歌剧院的诞生

当时的剧团和乐团叫戏剧部和音乐部。戏剧部由李波和我负责。这时戏剧部又演了另一部话剧，即老舍先生的《龙须沟》。是特请了焦菊隐先生导演的。这个戏可说是轰动了京城。老舍先生也因此被授予"人民艺术家"称号。这个戏后来还拍成了电影。于是之饰演的程疯子是其成名之作。

《莫斯科性格》公演全体演员合影（二排左三为作者，一排左起为李曼宜、叶子、管林、方小天）

可能是到了1952年，中央戏剧学院的话剧团合并到北京人民艺术剧院来了，和人艺演话剧的演员，成立了新的北京人民艺术剧院，由曹禺同志任院长。这时的北京人民艺术剧院才正式成为专门演话剧的剧院。

原人艺的歌剧演员成立了歌剧团。搞舞蹈的成立了舞蹈团，连同原来的乐团，就成立了中央实验歌剧院，院长仍由李伯钊担任。我本应当留在人艺的，可是却被分配到歌剧团。当时新歌剧这一行还是缺员的，我服从分配，又成为歌剧演员了。演歌剧要练声，又学起声乐来了。我的声乐老师是从美国回来的邹德华同志。学习声乐我倒还有兴趣，因此进步较快，是个男中音。有一次上课时，外面的同志听了说声音很好，下课后，他们才知道："原来是田庄！"这给我的鼓励很大。

在这以后不久，由中央实验歌剧院又改名为中央歌剧舞剧院。这期间，我曾于1953年导演了以郭兰英为主演的《小二黑结婚》。这个戏是从中央戏剧学院歌剧系接过来的。舞剧演了《宝莲灯》。歌剧又演了《长征》、《王贵与李香香》。

《长征》这个戏第一次出现毛主席的形象，是由于是之饰演的。《长征》中我饰演的是炊事班长申长林，全体演员曾赴天津一支部队体验生活。我和炊事班长结为好友，曾下伙房数十日。在《王贵与李香香》中我饰演香香之父李德瑞。

再以后，歌剧院又分了家。从中央歌剧舞剧院又分成两个单位。原来的歌剧一团保留在中央歌剧舞剧院中，原来的歌剧二团分出来，成立了中国歌剧舞剧院（此院一直保持至今）。前者偏重美声唱法，多演外国歌剧，如《奥涅金》、《茶花女》、《蝴蝶夫

1949年作者在话剧《胜利渡长江》中饰老艄公（左），管林饰沈大嫂（右）

1950年秋作者（左）为排演歌剧《长征》下部队体验生活

人》等；后者则以民族唱法为主，如《小二黑结婚》、《槐荫记》、《窦娥冤》等。我的志愿是搞民族歌剧，所以到了中国歌剧舞剧院，并导演了《槐荫记》。中央歌剧舞剧院不久又一分为二，将舞剧部分分出来，组建为中央芭蕾舞团；只保留歌剧部分的中央歌剧舞剧院更名为中央歌剧院（直至今日）。

1951年作者（左）在歌剧《长征》中饰炊事班长申长林

1956年作者在话剧《桃花扇》中饰演马士英（左二），李丁饰演阮大铖（左一）

　　入京在院十五载，其中有三次暂离。一次是1954年。我被批准去苏联留学，学习导演，并已经开始学俄语。正当此时，中央戏剧学院请来一位苏联专家，成立了导演干部训练班。当时听说这位苏联专家是莫斯科人民艺术剧院的导演、史坦尼斯拉夫斯基的学生，又兼卢那卡尔斯基戏剧学院的教授，也是这个班的班主任孙维世的指导老师。这个班两年毕业，是将卢那卡尔斯基戏剧学院四年的课程压缩为两年完成。我想，我去苏联留学不也是去卢那卡尔斯基戏剧学院吗，现在人家送到家门口来了，为什么还要"舍近求远"呢。我就报名考取了这个训练班。进入这个训练班学习，就意味着要失去留学苏联的机会，因为二者在时间上是"撞车"的。

在以后的日子里，有好心的同志一直责怪我："真傻！放弃了一个多好的机会！"可我却不曾后悔过。原因也简单，我对"功名利禄"是低调的。如果一定要我自责的话，是否也有些"偷懒"的潜在意识呢？

第二次离开，是1956年跟随昆曲艺人到南方去演出。时间是较短的。

第三次离开，是1958年调中央音乐学院声乐系教表演课，1961年秋回到剧院，但仍在中央音乐学院兼课至1964年。

在中央音乐学院教课期间，于1960年为声乐系歌剧专业（现为声乐歌剧系，简

作者在歌剧《王贵与李香香》中饰演李德瑞

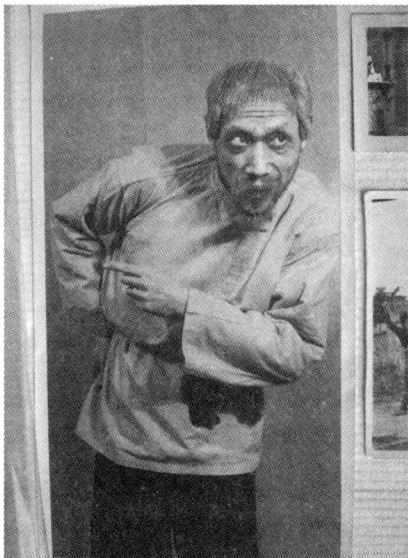

1956年作者在话剧《柳波夫·亚洛娃娅》中饰演契尔

称声歌系）导演了歌剧《青春之歌》。这是由中央交响乐团的词作者金帆同志根据杨沫的著名小说《青春之歌》改编，由作曲系王震亚先生带领毕业班以张建民为首的同学作曲和配器的。并聘请中国歌剧舞剧院的同志负责全部舞美设计和制作，中央戏剧学院化装专家李德权先生担任化装设计。

主要演员是黄揆春和叶佩英饰林道静，王秉锐饰俞永泽，黎信昌饰江华，刘秉义饰卢嘉川，温钰泽和李光伦饰魏三大伯，其他同学如王凯平、李双江等忙着舞台工作。记得林道静入党宣誓时背后那面飘扬的党旗就是李双江掌握的，虽是一件小事，但功不可没。吴雁泽虽入学不久，也担任了一个角色。

这部戏共演六场，在中央音乐学院礼堂演了两场，在民族宫大剧场演两场，又在人民剧场加演两场。这是新中国成立以后中央音乐学院自创自编自演的第一部歌剧，其历史意义与影响是深远的。

2010 年 12 月 2 日

关于表、导演

我是一个演员出身的导演。

在我十几岁上小学的时候，就当过演员了，是在一出话剧《博浪沙的大铁椎》中饰演秦王副车。这出戏参加了济南市第一届儿童节的演出，得了二等奖。

我所演的第二部戏是《放下你的鞭子》。七七事变抗日战争以后，我随学校流亡南下。成立了狂飙剧团。这个剧团演出的第一个戏就是《放下你的鞭子》，我演青年工人。演这个角色，是根据不同的观众，改变不同的角色。比如，有一次在伤兵医院演出，这个青年工人就化装成一个伤兵的角色了。效果超过了一般青年工人。

在洪深先生的《死里求生》中饰演爱国青年。

哑剧《九一八以来》饰中国青年。这个角色影响不小。

1953年作者导演的歌剧《小二黑结婚》剧照。郭兰英饰小芹，于夫饰小二黑

歌剧《小二黑结婚》剧照

1956 年作者导演的歌剧《槐
荫记》剧照。于莲芝饰七仙
女，王嘉祥饰董永

歌剧《槐荫记》剧照

1960 年作者在中央音乐学院任教时导演的歌剧《青春之歌》。左起：黎信昌饰江华，李光伦饰魏三大伯，黄揆春饰林道静

歌剧《青春之歌》剧照。左起：林道静、魏三大伯，王秉锐饰余永泽

歌剧《青春之歌》剧照。黄揆春饰演林道静

当时在国立湖北中学（后来的国立第六中学），一些高中同学不知道我的名字，直呼我为中国青年。

中学毕业，离开了狂飙剧团，考入了国立戏剧专科学校。演的第一个戏是《红灯笼》，饰石三爹。《长夜行》中饰教师俞味辛。《岳飞》中饰韩世忠。《柳暗花明》中饰丈夫。

在我国首次上演的希腊悲剧《美狄亚》中，我饰伊阿宋。其他外国戏有莎士比亚的《哈姆雷特》，饰国王，也饰过其中一个侍官。《威尼斯商人》中饰夏洛克。易卜生的《群鬼》中饰木匠安司强。《野鸭》中饰退休军官。法国戏《婆媳之间》中饰儿子。

到了解放区，参加新四军后，演的多半是陕北秧歌戏。在《周子山》中饰张海旺，在《钟万财起家》中饰钟万财，在《赵富贵自新》中饰赵富贵。另外，在改编的《醉鬼》（由《可怜的裴加》改编）中饰醉鬼裴加。编导了小话剧《我们在前进》，导演了《周子山》、《牛永贵负伤》、《兄妹开荒》等剧。

中原突围以后，到了北方大学文艺研究室（即后来的艺术学院），在戏音部与赵起扬同志合作导演了《白毛女》，又单独导演了《刘顺清》，编导了《翻身花鼓》。

在晋冀鲁豫边区人民文工团导演了《周子山》，参加演出了《解放了的堂·吉诃德》，饰国王一角。石家庄解放以后，参加演出了《白毛女》以后的一部歌剧《赤叶河》（阮章竞作），饰演王大富。北平解放之后，这是和

作者与歌剧《青春之歌》的编剧金帆（右）

狂飙集

《白毛女》同时期演出的两部歌剧之一。这部歌剧也曾到天津演出。在京演出时，作家王蒙先生还去看过（见其自传）。

歌剧《青春之歌》剧组五十年后再相会。前排左起邓文靫、姚雪华、叶佩英、田庄、王震亚、黄揆春、王蕊芳，后排左起温钰泽、王秉锐、雷克庸、黎信昌、张建民

1960 年作者（右二）在中央音乐学院为声乐系学生上表演课

在北京人民艺术剧院、中央实验歌剧院，以及再后的中央歌剧舞剧院（中央歌剧院前身）、中国歌剧舞剧院工作期间，曾扮演过话剧《莫斯科性格》中的工程师克利伏胜，话剧《胜利渡长江》中的老艄公程百合。歌剧《王贵与李香香》中的李德瑞，歌剧

《长征》中的炊事班长申长林。编导小歌舞剧《摘棉夸婿》，并饰老汉。导演了歌剧《小二黑结婚》（郭兰英饰小芹）和《槐荫记》。

1960年作者在中央音乐学院任教时的部分领导、同事和学生。前排从左至右：王蕊芳、声乐系主任喻宜萱、院长赵沨、越南留学生梅卿，后排左三李双江

作者（二排左二）在中央音乐学院任教时与学生们到颐和园春游。二排左一是当时在中央音乐学院声乐系学习的老伴王蕊芳

　　《槐荫记》这个戏曾于1958年赴莫斯科等地演出，受到好评。文化部副部长夏衍同志曾说，这个戏解决了两个难题：一个是普及与提高的问题，一个是民族化与学习西洋相结合的问题。给了我很大的鼓舞。

在中央戏剧学院导演干部训练班毕业公演的话剧《桃花扇》中饰马士英，得到一次话剧民族化的实践经验。

在中央音乐学院声乐系歌剧专业工作时，曾协助苏联专家库克林娜为声乐系的教授们排练了西洋歌剧的片断，如喻宜萱、沈湘先生的《黑桃皇后》，汤雪耕先生和文征平的《茶花女》以及五年级同学柳达明和吕水深的《黎哥莱脱》（即《弄臣》），并专门赴北京作了汇报演出，地点是在民族宫剧场（当时音乐学院还在天津）。

给二、三年级学生导演了歌剧《五十块钱》。

1960 年导演歌剧《青春之歌》。这是由中央乐团的金帆同志根据杨沫的小说改编的。可说是动员了中央音乐学院全院的力量。演出很成功，这是中央音乐学院建院以来排演的第一部歌剧，共演六场：本院礼堂两场，民族宫剧场两场，又在人民剧院加演两场。由王震亚老师带领作曲系毕业班创作，有张建民等同志参加。这个戏的总谱由中央歌剧院拿去准备排演。

到青岛后导演了话剧《豹子湾战斗》、歌剧《社长的女儿》、《红灯记》、《金训华》等，又重导了《小二黑结婚》。

均略统计共演了 25 个戏，导演了 18 个戏。（在狂飙剧团演出的角色未统计在内）。

2011 年 10 月 17 日

缅怀篇

我们的"金嗓子"

耿震大哥，你走了已几十年，多么想念你！

你对我像亲兄弟。1954年我们同时考上中央戏剧学院苏联专家列斯里开办的导演干部训练班时，你特别嘱托班秘书说"我要和田庄住一间房"（当时戏院规定，这个训练班每两人住一间房）。这样，我们一块学习、一块吃住，整整待了两年半的时间。其实，在这以前我们并没有多少接触。我最先知道耿震，是他在舞台上演出时。

"金嗓子"耿震大哥

那是1940年，我在重庆王泊生先生办的歌剧院时，在国泰大戏院看他演的《岳飞》。那是国立戏剧学校（当时尚未改为专科）第三届毕业公演。《岳飞》这出戏是话剧，顾一樵编剧、杨村彬导演、张定和配曲。另外还有两个戏：一个是曹禺先生的新作《蜕变》，另一个是余上沅校长和王思曾合编的《从军乐》，这两个戏我均没看过。

耿震演的岳飞，给我的印象极深。有这样一个场景：岳飞穿一身白袍，面对秦桧大拍桌案，然后一个大转身，面对前台："我岳飞宁为玉碎，不为瓦全！"声如洪钟，震动全场，掌声如雷。

"金嗓子"从此也就叫响了。

耿震毕业后就到重庆应云卫先生创办的中华剧艺社工作。所演角色均甚出色。据我所知道的，比如在《北京人》里饰演的江泰，那一大段的道白，精彩之极。无人出其右。

我和他同台演出并不多。40年代初，正当抗日战争时期，国立戏剧专科学校在重庆上演《哈姆雷特》，导演是焦菊隐先生，在学校排演时，哈姆雷特是由一届大学长蔡松龄饰演，他是留校任助教的。有少数校友剧团的，比如林婧大姐就饰演王后，我饰演国王，到重庆上演时，全部换成了毕业后的校友。蔡、林两位仍担任原来的角色，国王一角改由一届的郭寿定担任，我为B角，和胡浩都演朝臣。耿震演第一演员，沈扬饰御前大臣普隆涅斯，张逸生饰其子勒替斯，其女奥菲利娅由林飞宇饰演，张雁饰演前国王的鬼魂，彭松饰教士，陈玄饰掘墓者，他们乐剧科的同学也参加了。如果我没有记错的话，这还是我国首次上演的《哈姆雷特》。

我二次和耿震同台，是在导演干部训练班毕业公演的《桃花扇》。我饰马士英，耿震饰杨文骢（同台的还有李丁，他饰阮大铖）。"无独有偶"，巧得很，抗战时期，我在狂飙剧团演《放下你的鞭子》，我演工人，到了老年的耿震于80年代，在重庆也演了这一角色（女主角是赵奎娥）。

他在训练班毕业后，没有再回北京人民艺术剧院，去了刚成立的中央实验话剧院（即今国家话剧院的前身）。他导演过一个孙中山伦敦蒙难的戏，主角是石维坚。再早也曾导演过《报童》，都是成功之作。他也演过电影，解放前，我曾看过他和白杨演的《还乡日记》。想是由我们的老师张骏祥导演。

我和耿震还是老乡，他也是山东人，祖籍是阳谷县，但自幼在济南读书。考剧专前在正谊中学读书。他为人正直，生活规律，不

狂飙集

忘基本功，每天练嗓子。又非常讲卫生，真想不到他却得了绝症。说到他讲卫生，还有一个笑话。50年代初，尼龙牙刷刚刚面市，他为新鲜就买了一把。新牙刷要消毒，他就把牙刷用沸水泡到牙缸里，等他解手回来，拿起牙刷——"坏了！"牙刷全泡"黏"了，只剩下一根牙刷把了。

我还记得，我结婚的时候，他送了我们一副"鸳鸯剑"——北京的一种小巧玲珑的精美手工艺品。可惜的是由于辗转搬家，不知它散落何处了。那年我调到青岛时，他设家宴为我饯行，却成了"最后的晚餐"！

总之，他对话剧艺术是有贡献的，无论是表演艺术还是导演艺术。

2009年6月16日上午

我的第一位语文老师[*]

在我四位语文老师中印象最深、影响我最大的是邓甫晨老师。

30 年代，我在济南市立第二实验小学读书。上到五六年级时，邓甫晨老师是我们的级任老师，同时教我们国语课。他是临邑人，省立第一师范毕业。度数很深的近视眼镜，穿一身浅蓝布大褂。较沉默寡言，但和蔼可亲。两年中没见过国语课本，他给我们读的全是上海北新书店印的活叶文选。记得有鲁迅的、茅盾的、张天翼的……鲁迅《故乡》、《朝花夕拾》、《彷徨》、《野草》中的文章很多；张天翼的《蜜蜂》……像九斤老太、假洋鬼子、阿 Q 等等人物是印象极深的。还有"我家有两棵树：一株是枣树，还有一棵也是枣树"，以及朱自清的《背影》、《荷塘月色》，等等。寒暑假中，他曾介绍我读过张天翼的《大林和小林》、老舍的《小坡的生日》、艾芜的《漂泊杂记》……他还和另一位国语老师陈鹏九先生合订了几份文学刊物，有《语丝》、《文学季刊》、《文学》、《中流》、《北斗》等等，假日中也常借来读，使我无形中对文学有了较浓厚的兴趣，特别是所谓"普罗文学"。课外还读过巴金的《家》、《灭亡》，田汉的《回春之曲》，洪深的《五奎桥》，等等。作文课当然也是由邓甫晨老师指导，那时每天做日记，也算是国语课的一门辅助课，甫晨先生也管批改日记。我的作文和日记常被选

---

[*] 我的第二位语文老师是济南一中的孟浦云，第三位语文老师是济南一中的李广田，第四位语文老师是吴祖光。

入成绩橱窗，这种鼓励影响是很大的。

有一次偶然在报纸上发现一首诗，题目好像是《王老五》，内容写的是一个给地主扛活的长工，备受剥削，只记得最后一句是这样写的："王老五用他那愤怒的拳头捅向地主的大门。"用的笔名是"拂尘"。我们认定是甫晨师所写。后来在一个偶然的场合得到了证实。

在济南市首次庆祝儿童节的大会上，各校均参加戏剧演出，甫晨师为我们排演了《博浪沙的大铁椎》，是张良刺秦的故事。我饰演的是秦始皇的副车。这个戏得了二等奖。

一个深秋季节的日子，甫晨师三天没有来给我们上课。头一天清晨，就听说他被省党部的人逮捕了。"为什么"一直是个谜。想当然地被认为是嫌疑犯吧。第四天他来上课了。他知道大家很关心；他给我们说："我很好——吃了三天便宜饭！"他就讲起课来。

毕业的时候，他请王镛林、我和薛昌三人——班上的前三名，到新济南电影院看了一场电影。什么影片，全没了印象。这家电影院是当时济南最高级的一家电影院，据说是英商的。

很显然，我们是甫晨师的"好学生"，但我也被他惩罚过——我挨过他两下手板子。事情很简单，五年级时我曾参加了一次学校活动，是演讲比赛，虽然名列前茅，但第二天的语文没背过。"没背过就挨板子，特别是对我！"小心灵里，总觉得这和甫晨师的做法不相吻合。事后总算悟出一个道理：原来组织这场演讲比赛的是公民课的任课老师——是个国民党混子。结论是："我挨打值得！"

考上中学，不久又因七七事变，远离了家乡。和甫晨老师就这样再也没有见过面。直到全国解放后才听说甫晨老师在抗日战争中牺牲。他确是一个地下党员。很想得到些具体情况，但迄今也没有得到。70年代一次回到故乡，想找到陈鹏九师打听，但陈师已去世，他的爱人任德英也没能找到。还有一位同学可能知道一点情况，但她在喀什，也不知道她的住址。甫晨师如何牺牲的，至今仍是一个谜。

我的"进步"的萌芽是他培育的，我对文学、戏剧的爱好也是他哺育的。

老舍先生百年诞辰纪念

　　今天是 1999 年 2 月 3 日，阅昨天晚报才知是老舍先生百年诞辰，对这位著名文学大师，我是非常敬重的。遗憾的是他也是在那史无前例的"大革命"年代牺牲的！

　　我敬重他，但无机会将他的全集通读一遍，是一种遗憾！有两件事，值得记下，作为我对先生的永久怀念吧。

　　30 年代，我还是在家乡济南，读市立第二实验小学，是在高年级的一个暑期中，我的级任老师、也是语文教师，介绍了一本书，作为暑期阅读作业。这本书的书名是《小坡的生日》，就是老舍先生所著。是一本描写少儿故事的书，我读得津津有味。事过六十余载，我离休后在北京闲住，遇见一位安徽朋友，当时他正在主持电视台的一个儿童栏目，我们说 50 年代在歌剧院时由于各种原因没把我们要合作的《摸花轿》这部歌剧搬上台，我们现在再重新合作一次吧。当时我就想他主持的电视台这个栏目，是专以少儿为对象，要拿出一种什么节目合适呢？我想来想去，决定将老舍先生的《小坡的生日》改编成电视剧。可这本书在书店里是找不到了，幸好大儿子在社科院里找到了一本，为不受阅读时间的限制，就让他将全书复印了一份。等我返回青岛，和这位安徽朋友断了联系，这份复印的《小坡的生日》也就睡卧在书橱里"离休"了。

　　50 年代初，北京人民艺术剧院刚刚成立，李伯钊院长就请了老舍先生到剧院来谈他的《龙须沟》话剧本。地点是在剧院灯市口的排演厅——艺术厅里。当时我是在剧院教育科工作，所以有机会参加这次座谈会，说是话剧本，其实当时完整的剧本尚未写出，老舍先生只是谈了剧本的一个较详细的梗概，其中最详细的是谈了主要角色的设置及其性格。对程疯子这一角色（后来是由于是之扮演）是印象最深、也是最感人的。我作为座谈会的记录，曾珍视地将这一切保留了下来，可惜已在那场史无前例的"大革命"中毁掉了！

直到今天，这两件事想起来都使我深深地怀念，又深深地遗憾。

1999 年 2 月 3 日

指挥家李德伦

"祖祖辈辈开荒坡……"

当我们那年在青岛晤面的时候，德伦同志就对我唱了这么一句。

这是一句什么呢？说来话长。这是阮章竞同志的歌剧《赤叶河》中的一句开场的唱词。

我们是老相识了。全国解放前夕，是 1946 年吧，我们是在晋冀鲁豫边区初次见面的。当时晋冀鲁豫边区政府刚刚成立了一个华北人民文工团，我是其中的一员。德伦是由李伯钊同志①从延安党校文艺研究室带到边区的。同来的还有金紫光、卢肃、管林等同志。从此，伯钊同志就继任了这个团的团长（原团长刘仰桥同志另有他任）。德伦原是大提琴手（其夫人李珏同志是小提琴手），当时就在管弦乐团任指挥。歌剧《赤叶河》就是他指挥的。这是该团演出的第一部歌剧，曾在刚刚解放不久的石家庄首次演出。我在剧中饰演王大富一角，那句唱词就是王大富所唱的。事隔五十多年了，我们都还历历在目。

这部歌剧 1949 年在刚解放的首都也曾演过，加上《白毛女》，当时上演的仅此两部歌剧。文学大家王蒙同志就曾看过《赤叶河》

---

① 李伯钊同志是四川人，老红军，原国家主席杨尚昆的夫人。曾留学苏联，解放后曾担任北京人民艺术剧院院长、中央戏剧学院党委书记等职。

作者夫妇与李德伦夫妇（右一、右二）合影

这部歌剧（见其自传）。

我们可是多年未曾见面了。他离开中央歌剧舞剧院去苏联留学，回国后就任中央乐团的指挥。"文化大革命"时期，我到北京看样板戏时曾和他见过面。当时他写个字条，我们就能进剧场。这次见面是来青岛指挥乐团。他是青岛乐团的开创者，是乐团的奠基人。对我们青岛的乐团是有功绩的。

他不止一次来过青岛。最后一次，他行动已不方便，上车下车总得有人搀扶。又过了一两年，他辞世的消息就传来了。

我们失去了一位大师级的、难能可贵的指挥家，是音乐界的损失，国家的损失。

2009 年 7 月 14 日午后

黄梅戏艺术家严凤英

事过未境迁！

最近才听到一桩骇人听闻的消息：

严凤英死得惨，众所周知。但如何地惨，恐还是鲜为人知的。已经迫害而死了，还将尸体大开膛，寻找所谓的发报机！说她是特务！这却是一位刘姓的 X 代表的主意。

和她相识还是 1956 年。那时我刚离开前北昆剧院（北昆剧院成立之前的一个阶段），先是到西安观摩陕西首届戏曲会演，接着又去合肥观摩安徽首届戏曲会演。中国歌剧舞剧院给我这种机会的背景是要我导演根据黄梅戏《天仙配》改编的新歌剧《槐荫记》。这是我学习戏曲的一个好机会。黄梅戏的《天仙配》自然是看了多次。那几年也正是《天仙配》、严凤英在国内大红大紫的时期。谁人没看过《天仙配》？谁人又不知严凤英呢？

在合肥的观摩演出，当然会聚了全国的戏曲工作者。田汉老也去了，和我们一群各地来的观摩人员一起拍了合影照片。这张照片，后来我曾在《戏剧报》上见到，可惜我并没有保存下来。这时剧院里的演员崔洁也正在合肥观摩。她先我认识了严凤英，成了好朋友。当然也是看了无数次《天仙配》认识的。在一个空闲的日子她带我去访问严凤英，到她家去玩。我们虽然是首次见面，但毫无约束之感，以至到了谈笑风生的地步。她亲自下厨房，请我们午餐。这以后，记得是到了秋天，她们的剧团到北京去演出，我们又相会。我们请她午宴，是在北海公园的漪澜堂。谁知这就是最后一次见面呢。

这一段情缘，至今难忘。每每思念总觉凄楚而又怨恨。

2009 年 6 月 15 日上午

黄梅戏艺术家严凤英

凤子大姐

凤子大姐，我一向都是这样尊称。

我们见面以至一起工作虽然较晚，但其大名是较早就熟悉的。首先，我知道她的前夫是孙毓棠。而孙毓棠的胞妹孙毓林又是我夫人的亲密同学和好友。其次，她是个好演员，又能写一手好文章。曹禺的《雷雨》，她是第一个演四凤的。抗战时期在昆明她又是第一个演曹禺《原野》中的金子的，这个戏还是曹禺先生亲自导演的，真是珠联璧合，精彩之至。据说她也演过电影，详情我却不知道了。最先和她见面，还是我的老友耿震介绍的。那是在一个会议的场合。解放初（大约是 1950 年吧）老人艺演出苏联话剧《莫斯科性格》（王金陵译本），我饰演其中的工程师克利伏胜，所穿的西服还是借的她的丈夫沙博理的（当时凤子大姐也在老人艺工作）。因为我俩的身材高矮均合适。

一直过了"文化大革命"以后，我已到了青岛，于 1979 年秋，被借调到戏剧家协会，在《剧本》月刊社，我们才一起工作了两年多。她是这个月刊的主编。我刚去不久，就赶上了全国文联第四次代表大会。也正是"文革"后的第一次代表大会。我参加了剧协的工作，忙了个不亦乐乎。和上海的张拓同志提议成立歌剧研究会的要求，得到了周扬同志的同意。我也就参加了筹备歌剧研究会的工作。

在这两年多的时间里，我们工作得很愉快。编辑部分成两大块：

1980 年全国戏曲作家会议
（前排左三凤子、左四张庚、
左五作者）

作者 61 岁

作者 61 岁

一部分同志管理话剧，另一部分管理戏曲和歌剧。我就在这戏曲和歌剧部分。张真同志偏重领导这一部分，具体的由马少波夫人李惠中同志负责。在这期间，1980 年 7 月号发表了马少波同志写的新作京剧《明镜记》，由我任责任编辑。这是他剧作选中的七篇剧作的最后一篇。

这期间风子大姐曾带领我们去杭州开创作会，使我们认识了全国各地的剧作家，游览了西湖各景点，品尝了龙井茶，又去绍兴参观了鲁迅故居、秋瑾故居，以及兰亭、鹅池等。青岛吕剧团的赵象琨所写的《赵钱孙李》即为此次创作会议的产物。

有一次社里组织大家去妙峰山旅游，参观了玫瑰园。正是清晨时分，新鲜的玫瑰花瓣上有莹莹的露珠。一元钱可买五斤，现摘现卖。我们每人都买了五斤。因为此花可制作玫瑰酱。五斤花十斤糖就可以制出美味的玫瑰酱了。那天风子大姐因事没去，我代她买了送去，她高兴极了。

社里第二号主编张真同志，是我在国立戏剧专科学校的老师，虽然他没有给我们在话剧科授课（他偏重在高职科授课），但我还是称他张老师，在社里，他很关心我。他的夫人朱丹同志就是高职科的学生。解放后，我们又同在中央歌剧舞剧院工作。

1982 年初，离开《剧本》月刊社时，风子大姐和全社的同志为我饯行。请我在东安市场东来顺吃涮羊肉。我是不吃羊肉的，当然他们并不知道。为了礼貌的缘故，我也高兴地吃了（不如说是"尝"了）。皆大欢喜。当时在东来顺吃顿涮羊肉不是容易事，事先由年轻的杨雪英同志前去拿牌子（预约）。事后风子大姐又觉情未了，又请我和于雁军同志到她家午餐（雁军同志当时正好刚调来月刊）。和张真老师告别，却是到他家吃了一顿午餐。

吕恩师姐对风子大姐的赞誉，我是完全同意的："她为人正直，严于律己，直言不讳，又亲切和蔼，平易近人。我敬重她对事业一丝不苟的精神，我尊重她永远维护正气的为人。"

特别是："尊重她永远维护正气的为人。"

　　离开北京几十年，没有大姐的消息。最近看到吕恩师姐写的《默默的哀思》才知道大姐已经于 1996 年去世。可惜她最后的著作我还没看到。

　　哀思，默默的！

2009 年 6 月 15 日夜

凤子大姐

我的师友罗念生先生

听到罗念生先生去世的消息十分悲痛。

从书橱里再次取出他赠送我的欧里庇得斯的《悲剧二种》翻阅着——

那是 80 年代初，在《剧本》月刊编辑部。一天，忽然收到一封信，是罗念生先生寄来的，询问在抗战时期国立剧专排演希腊悲剧《美狄亚》的情况。据说是从戏剧学院何之安老师处得知这一消息的。这使我不得不追忆起四十年前的一段生活——记起了当时的老师和同学。

当时，国立戏剧专科学校话剧科的表演课（时称"表演基本训练"课），是由美国留学归来的戏剧家陈治策老师担任的，因为阎哲吾老师已离校。他瘦长身材，戴一副近视眼镜。在诸多老师中他算是年纪较长的了。我们同学尊称他为"陈老夫子"。人很简朴、诚恳，治学严谨而刻苦，研究学问孜孜不倦。刻苦钻研史坦尼斯拉夫斯基表演体系，虽然这般年纪，每日清晨，还要我去他家一同练习舞蹈基本功。我则是在吴晓邦老师的舞蹈课所学，现学现卖。他深知史坦尼体系不仅仅是注重内心体验，对形体表现也是极严格的。课余时间，他有些文章的手稿和教材也让我去抄写。他在《日出》中所创造的黄省三一角，也堪称一绝。《美狄亚》就是由他组织排演和导演的。女主角美狄亚由同班同学崔小萍饰演，男主角由我饰演（美狄亚的丈夫伊阿宋，也有译为爵逊）。歌唱队由高职科同学担任。限于物质条件，服装、道具极其简陋。如伊阿宋的服装是用一条旧毛毯改制而成。这个戏男女主角有长段的独白，崔小萍的声音洪亮，独白朗诵得铿锵有力，至今想起仍萦绕耳际。这是我国首次排演的希腊悲剧。

就为了此事，和罗念生先生通了第一封信。这以后，我也曾去拜访了罗先生，他家住在锣圈胡同一间十几平米的小房间里，住房太挤，中间桌上堆满了书籍，不知其他尚有几间住房。在这次访问中他赠送我《悲剧二种》，其中一种即是《美狄亚》。另次访问，是应《舞蹈》编辑部的叶宁同志之约，陪她去罗先生家，请教有关希腊文翻译的问题，得到罗先生的亲切解答。

1979 年冬，第四次文代会期间的一天，郑振瑶同志对我说："罗先生还等你去开会呢，怎么没去？"原来她是参加希腊剧院来华演出古希腊悲剧座谈会的。由于当时剧协的工作正忙，错过了这个盛会，也辜负了罗先生的一番厚意，甚感遗憾！

顺便再提一下：抗战时期在剧专的图书馆能看到的古希腊悲剧只有少数是由梁实秋先生翻译的，其余多数是由罗念生先生翻译的，使我获益匪浅。

另外，文中所提"陈老夫子"除导演《美狄亚》，还为我们导演了易卜生的《群鬼》和一个法国剧《婆媳之间》。在此小记。

1991 年"五一"前夕于青岛

原载《剧专十四年》，中国戏剧出版社出版，1995 年

2009 年 4 月修正、补充

今年上半年我去北京，当时正在中央戏剧学院读研究生的孙儿王羿送了我一本罗念生先生的著作《论古希腊戏剧》。在 81 页，谈到《美狄亚》这个剧时，有这样一段话："一九四二年，四川江安戏剧专科学校上演过《美狄亚》。采用赵家璧的译本，由陈治策导演。软幕和平台构成了风格化的环境。田庄扮演伊阿宋，深刻表

现了这人物的卑鄙和自私。崔小萍扮演美狄亚，她的朗诵充满戏剧热情。演出效果极为强烈。当美狄亚对伊阿宋的难以平息的愤恨和歌婉言相劝的诗篇交织在一起时，剧场中一片寂静，观众深受感动，十分同情美狄亚的命运，并对克瑞翁和伊阿宋表示无比的憎恨。"

此篇作为上篇的补充。

2010 年 11 月 1 日

悼念六十八年的老同学

　　林才走了一个多月了，他那带着微笑的面容无时无刻不在我脑际映现。有时我站在东窗前，抬头望去，隔着我们这条珠海一路，前面就是台湾路，而那个台湾花园的大院，我是再也不想去了！

　　我和林才是老同学。自从 1936 年同时考入山东省立第一中学（即后来的山东省立济南中学）到今年已经过了 68 个年头。我们又都是 1920 年出生；他是 8 月，我是 11 月，长我近四个月。所以还得称老兄。

1996 年作者（后排左二）在四川与德阳六中老同学合影（前排左一马林才、左三方敬、后排左一孙耀东）

　　他原来的名字是麟彩，参加革命后始改为现名。在这 68 个年头里，我们并非年年在一起。1937 年七七事变以后，我们随校南迁，先到泰安，住了一阵子约三个来月。冬季到来，泰安被日寇轰

1986 年作者（中）66 岁

炸，在烟尘未消的时刻，我们济南中学约有三百多名师生就迅速撤离泰安，继续南下。路经宁阳、金乡、单县，到达河南商丘。我们再乘火车到达许昌，在这里度过了1937 年。后又经赊旗镇，在这里又住了数月，再经淅县上集，进入湖北西北部的郧阳，在这里校名改为国立湖北中学。上了半年课，于12 月又溯汉江而上，再经陕南到达四川罗江。在这数千里的路途中，我们均是步行，并背着随身行李。每天行程少则五六十里，多则七八十里，艰难困苦，但也着实得到了锻炼。在这里校名又改为国立第六中学第四分校。这时已经是1939 年的春季。

在罗江是按正规上课了。我和林才是同班，座位还是前后座，朝夕相处。他平素少言寡语，但时常面带微笑，和蔼可亲。课余时间，我们各有各的兴趣，他多半在看书读报，和志同道合的同学办壁报，他们办的壁报曾起名为"老百姓"。我却是演戏、打球。所以课余时间也就不常在一块儿。

那时我已经确定未来的事业是搞戏剧，虽然也愿意学习写些东西。而林才已偏重在搞文学、搞写作。记得我们在校刊《锻冶厂》第二期上同时发表过文章，他的一篇是题名为《傲慢的矗立在原野上》的短篇小说，我的一篇是报告文学《狂飙剧团二千五百里移动公演记略》，都是李广田老师所指导的。这一时期我们都写过一些文章，也多是未曾发表的习作而已。也就是在罗江这一年我们毕业了。毕业了林才去绵阳上高中，我则和尹纯德（刘方）赴重庆。我先是考入国立实验剧院学歌剧，待了半年，于 1940 年秋考入了国立戏剧专科学校，从此和林才分手了。听说他是 1942 年离开四川，到山东参加革命，搞合作社工作。我则在剧专学习五年后，于 1945 年到鄂豫皖边区参加了新四军。

我们分手 27 年之久，居然在青岛戏剧性地重逢。

事情是这样的："文革"初期，我被调到了市文化局，在一次参加批斗大会后，从人民会堂出来，正要骑自行车走的时候，忽然从背后传来一声喊叫："王保庸！！"我立刻下意识地猜想："这是谁叫我，用中学的名字？一定是位老同学。"我猛回头，果然不出所料，是马麟彩！原来他也参加了大会，看见了我，时隔 27 年——从少年到中年，却不敢相认了，就采取了这样一个聪明又机智的办法。我们当然是"相见恨晚"。正好他也是骑自行车，就马上带我到他家去。那时他家住延安路，是教育局分的房子（那时马大嫂在教育部门工作）。他们住楼下两个单房间。马大嫂和两个儿女都不在家，上班、上学去了。他招待吃午餐，在一个小圆桌上，打开罐头，吃馒头。边吃边聊，真是一时谈不完的话题。当时他是自行车厂的书记。从那时起，近四十年我们就一直在青岛各自的工作岗位，也就一直没离开过。他后来又到过卷烟厂，再调二轻局，最后又调市纪委，是步步高升的。我们依然时常见面，谈不尽的事态，谈不完的"巴山夜雨"的流亡生活。他依然是面带笑容、和蔼可亲，对我十分关心。特别是对我家的孩子倍加关怀。我的大儿子师从著名雕塑家、篆刻家石可同志学习鲁砚制作，就是林才介绍的。

20 世纪 70 年代，在青岛购买一台电视机很不容易，林才将弄到的一张购物券，托马大嫂给我送去，使我们全院都大饱眼福。记得那是 1987 年 7 月 22 日的一个上午，我正在市立医院九楼住院，林才去看我，将一本《李广田文集》送我。这本书在山东买不到，他是在北京买来的。我天天躺在病床上，有些寂寥无聊，忽得此书，如获至宝，大有"雪中送炭"之感。这本书虽历经搬家，仍保存至今。

几十年来，他虽是从政了，但对文学的爱好，仍不减当年。只是没有时间写作。仍爱读书，买了不少书籍，我也常常借来看的。十几年前，他还养了许多花卉，我曾从他那里分过一盆昙花，养了多年，年年开花；花朵也逐年增多，清香扑鼻，我们全家都欢喜得不得了。为此，我还拍了些照片，留作纪念，幸亏如此。直到今次搬家才送给了邻居。还有一种花，也是我很喜爱的，就是腊梅。黄黄的花瓣，真像是黄蜡制成的。也已和林才"达成协议"，分我一盆。可惜由于他那年远地旅游，花被枯死了！

禹轩同志说得好："同窗之谊是一种最美好和最持久的感情。"我和林才间的友谊正是这样的。

在病床上躺了十个来月，他竟然走了！我悔恨在他弥留之际，未能在他身边和他最后告别！

安息吧，林才！我的老同学！你无遗憾，无论对祖国、对人民，还是对党！

2004 年 10 月 4 日晚

原载《马林才纪念文集》山东省新闻出版局出版

哭郁枫二姐

　　1997 年冬日，刚刚吃过晚饭，忽然传达室送来一封电报，是济南发来的，刹那间使我感到极大的不安——不幸的事件发生了！果然，电文显示二姐病危！我毫不犹豫地决定赶赴济南，并电话告诉在北京的大儿子。我和小儿子王南赶赴车站。去济南的车票只剩下晚 11 点经济南开往徐州的唯一一趟车的了。买好车票等了不久开车了。到站后，雇三轮赶到仁厚巷，天已蒙蒙亮。进得门去，二姐仰卧在床，头上盖着一方毛巾，姐夫颜大中说已于夜里两点去世。王南掀开毛巾看了看，扑通一声跪在床前痛哭不止。姐夫言道：别哭，别哭！何意呢？原来他们是住在这里的一个区教育局下属的木工厂，怕惊动了工人。我们也就只好忍住极度的悲痛。天亮时大儿子也从北京赶到。

　　姐夫的单位和殡仪馆取得联系，来了灵车，开往殡仪馆。因为事前毫无准备，一切均在馆中解决，我用了四百多元买了寿衣等，再整容化妆后，等候火化。这也要排队的。等了大半天，直到下半晚才火化。买了骨灰盒带回家。这天天气特别冷，幸亏我穿了皮大衣。都是我和大儿子跑来跑去张罗，姐夫成了一个"木人"，直呆呆地坐在角落里一动不动。小儿子王南因工厂有事，没到殡仪馆就先回青岛了。

　　我们乘车回木工厂，在街上碰到我的侄子王洪勋，他正是要来看望二姑的，却永远也见不到面了。他抱着骨灰盒痛哭。

郁枫二姐在青岛照看侄子王南

　　我和大儿子坐了一会儿，就告辞了。姐夫的意思还想让我们住两天，帮他整理一下住室，我们却不愿多待，把我身边剩余的两千多元留给伤残的外甥作为生活补助。我内心有些埋怨姐夫，为什么不早点告诉二姐的病情。

　　当晚住宿在附近一家老乡家，挨了一夜冻。午饭后，和大儿子分手，各返青岛和北京。

　　二姐的一生是坎坷的，是个"苦人儿"。自幼帮母亲干家务，下有俩弟弟和妹妹，里里外外，洗洗涮涮都是她一个人的事。特别是抗战八年的艰苦岁月，家底败弱，生活十分困难，二姐也曾摆过地摊，换取点粮米。她没有上过学，就是在这种情况下，她坚持上夜校，学文化，她聪明有毅力，达到能读书、看报、会写信的程度。也就是在上夜校时，认识了姐夫，师生成亲的。"反右"时姐夫被打成右派，儿子为此辍学，日子过得就更艰难。

我到青岛后，把二姐接来，照顾我们生活。那时还没有施行计划生育。她对蕊芳说：再给大正生个弟弟或妹妹吧。蕊芳说：不好生，生了也没人看。二姐说：二胎好生，没有人看，我给你看。这样我们就有了王南。王南就是由二姐从小看大的，一直到他上了小学。

这位姑姑，疼爱侄儿，侄儿也永远记挂着这位姑姑。今春，他为姑姑烧纸，这是他认为纪念姑姑的唯一办法。又引起我十分悲痛。

2011 年 6 月

永远逝去的"影子"

——沉痛悼念我的哥哥王企羊

2008 年 1 月 14 日，我的哥哥终于西去了！

这之前，我和他通过长途电话，他的话语嗡嗡不清，甚为吃力。我听见在他身边的侄儿王公对我说："爸爸听懂是叔叔——他的三弟给他打的电话。"我不忍让他再说下去，无奈地挂上电话。想不到这是我和哥哥最后的一次谈话。再过一天他去世的噩耗就传了来。

我的二侄女凌云没有告诉我，怕我一时受不了。她打长途告诉在北京的我的大儿子。

我多么悔恨没能去西安看望他。原因是我刚刚做过前列腺手术，出院不久，身体异常虚弱。这成了我终生的遗憾！

我是哥哥的"影子"。

哥哥大我一岁。我和哥哥从小形影不离；他到哪儿，我去哪儿，总是跟在他的背后。我是哥哥的"影子"，这是母亲对我和哥哥之间密切关系的形容词。

我和哥哥一起玩耍，一起入读私塾，一起转入济南市立第二实验小学，一起读二年级。在假期里，我和哥哥一起在我家东屋里读书、习字、下象棋、打乒乓球。

哥哥的功课特别好，尤其是作文，在班上总是考第一。小学二年级以后就"跳班"，一跳跳到四年级（三年级都没上）。我和哥哥虽然不在一个班级了，但仍然是上学下学形影不离。

终于到了他小学毕业，只我一个人去上学了，我感到如沉深渊似的失落和孤单、惆怅。我曾号啕大哭了几场。幸亏母亲在身边解劝。那些日子都使我平静不下来。

——"影子"已不复存在。

哥嫂

哥哥考上山东省济南市最好的中学——山东省立第一中学（后改为山东省立济南中学）。幸好过了两年我也考取这个学校——"影子"又出现了。

前面说哥哥的作文特别好，这和他喜欢课外阅读分不开，常常借阅他班级陈鹏九老师订阅的靳以、巴金等主编的《文学季刊》等刊物。他还曾用压岁钱买了一本刚出版的田汉先生的剧本《回春之曲》。我和哥哥都喜欢唱里面的插曲。哥哥还很喜欢音乐，他也是在陈鹏九老师那里借到一本《粤乐名曲集》，其中的《小桃红》、《雨打芭蕉》、《三潭印月》等名曲非常吸引他，他能背唱很多曲。还有一首我们常唱的是法国的《马赛曲》。他还会吹笛、吹箫，又用压岁钱买了一把月琴学着弹。他吹，我也吹；他弹，我也弹。

1986 年在西安与哥哥（左）

我和哥哥都爱体育，从小就一起打乒乓球，打得还不错。到了中学，也都爱跑步。我们跑百米，他比我跑得快。在校运动会上，他放弃了百米决赛权，让我取得名次。因为他的跳高成绩在校中是数一数二的，这样我们兄弟俩在校运动会中就都挂上名。

这样，"影子"又形成了！

七七事变后，我和哥哥随校一起流亡南下——"影子"也一起南下了。

我们的孙东生校长，首先在山东号召我们校的学生，不做日本鬼子的亡国奴，南下继续读书救国。我和哥哥一起响应号召，开明的母亲是鼓励的。虽然亲朋好友都劝说母亲："不要放两个孩子都出去，总得留一个在家呵！"母亲却回答："孩子不愿做亡国奴，我不能阻拦。"这样就影响了几个家庭的同学，都随校南下了。这是母亲做的一件大好事。

我们最先到达泰安，住在泰安三中。在这里没上课多久，就受到日本鬼子的轰炸。学校被迫离开泰安，经鲁西南济宁、曹县，到达河南商丘。从这里乘车到达许昌，在许昌过了一个春节，再到南阳赊旗镇，住在山陕会馆，继续上课。这时，从山东陆续逃来几个学校的师生，成立了山东联合中学。我和哥哥都参加了同学自发成立的抗敌救亡工作队。演出街头戏《放下你的鞭子》等，也参加歌咏队唱救亡歌曲。

——"影子"仍在一起。

随着日本侵略的形势，我们在镇上住了三个多月，又往河南的西部转移，经淅川上集，再过汉江到达湖北郧阳。学校改为国立湖北中学。在这期间，哥哥和另外两个同学俞新民（即俞炎，后去延安）、刘保全（即刘可牧），创办了名为《紫塞》的文学壁报（报名为国文教员、诗人、散文学家李广田先生所起），成为全校最出色的壁报。同学们看了他们三位的文章都很吃惊，说这不是学生的壁报，是老师们办的壁报。我和几位同学创办了狂飙剧团（其名也为广田师所起），演出救亡戏剧，除《放下你的鞭子》外，又增加了十多出剧目。直到半年后，于1938年底，学校离开郧阳，经陕南到达四川这一阶段，我随剧团沿途演出，离开学校大部队，才和哥哥分开——"影子"暂时消失。

到达四川以后，学校又改名为国立第六中学。校本部设在绵阳，哥哥就在这里上高中。六中下设一个师范部，四个初中部。我上了设在罗江的第四分校，校长仍然是孙东生先生。我于 1939 年秋毕业后，没有去上高中，就和尹纯德（即刘方）去重庆。原打算考国立戏剧学校，但听说学校为躲避日本的轰炸，已迁到江安一个小县城去了，我只得留在重庆。幸好王泊生先生的实验剧院（即山东省立剧院之班底）招生，我暂时考入该院学习歌剧。纯德则去叙永考入中山中学。我在剧院学习半年，于 1940 年秋考入江安国立戏剧专科学校（学校刚刚改为专科）。学习五年，师从曹禺、吴祖光、焦菊隐、陈治策、阎哲吾、余上沅等著名教授。于1945 年 5 月请假离校，经重庆赴鄂豫皖边区新四军第五师（师长李先念），到解放区参加革命。

到重庆后，在《新华日报》办了出境手续，并让哥哥筹措路费——"影子"就长期消失了。

原先说过，哥哥供我专科毕业，等我工作后再供他上大学。现在却成为泡影，这是我终生遗憾的一件大事！

哥哥在绵阳高中是被"饿"跑的。他也到重庆考取驻缅甸仰光的华侨国民小学当教员。没有多久，日本侵略者打到东南亚，缅甸吃紧，他在归国途中特别经过江安，和我见面。也就只有四五天的时间，给我带了宣威火腿罐头，我还带他听了曹禺先生的一堂课。这之后他到重庆找了一份工作，为了供我专科毕业。

在我离开重庆去解放区的那天晚上，哥哥送我到江边上船，哥哥的心情犹如刀割！（"影子"就是这样难舍难分！）解放后看到他在日记中是这样写的：

"民国三十四年五月二日——可纪念的日子！

在重庆朝天门对岸与三弟握别。他翌晨即乘轮东下。此一别真不知何时再见。我尝受到从未有的况味。天欲雨，暗无星光。风泣、人哽咽；江水奔流落去，何处是归程！一人回到宿舍，像失掉心肝。不，你说不出是失掉了什么。那么，是无底的空虚！"

"影子"在这儿又一次消失！

这一别又是七年。

我还记得有这样一件事：在校五年中，我曾有过一次失恋。当时哥哥闻讯后，曾寄给我一封信。内容是这样的：

> 给一个至爱的朋友——我的弟弟
> 当你困苦时
> 　想到更多人在陪你受苦吧
> 当你寂寞时
> 　想到——我有朋友、有艺术
> 当你失恋时
> 　想到更多人在等待人爱
> 　——你就去爱更多的人吧
>
> 钟　卅一、十、十五

1952年，哥哥出差到北京，才又见面。他是从上海为了支援大西北而到了西安。我正在北京人民艺术剧院工作，他已经成亲，并为我生了一个侄女。临别时，我俩合照了一张相，如今还留着。那年我已三十二岁。他也三十三岁。——"影子"又相逢。

这以后见面的机会更少，但彼此的信件是常有的。

1956年，我去西安观摩陕西省首届戏曲会演，见过几次面，两人均忙，几次见面都是匆匆忙忙。1959年母亲病故，在北京又一次见面。母亲安葬后他即离去，也只有几天的时间。又过了几年，1966年我去四川开会，路过西安，返回时在西安住了十天，是时间较长的一次。

"影子"就这样闪闪而过，闪闪而过。

又等了34年！

2000年4月间，我们的老同学、老朋友刘可牧八十大寿，约我们到济南聚会。我们的老同学俞新民也去了，刘方更不用说，就住在济南。我和蕊芳去得较迟，哥哥和嫂嫂早到了。这是和哥哥自1966年分手后又一次见面，时隔不算太短。这次在济南的见面时间相对是较长些。我们特别去看了在黑虎泉北路（原新东门里东城墙根北街）护城河西岸，我们故居的遗址。游了五龙潭、趵突泉、千佛山，顺便请哥哥嫂嫂同返青岛。他们都是首次来青岛，住了一周的时间，因有事于"五一"前赶回西安。时值院中正盛开双樱，我们拍照留念。

——"影子"又重现，又再分散。

六年又过去了。直到2006年，得知哥哥因病住院，我和次子王南赶去西安看望，幸好病情好转，待了一周才返回。谁料想，这就是和哥哥最后的一次见面！

我多想念你呵，我亲爱的哥哥！

你就这样地走了，闪下我这孤零零的"影子"！

在我们晚年的十多年里，每逢我的生日，哥哥都有一首诗赠我（他爱写诗，老朋友都说他是一个诗人。但他不爱发表，自娱而已）。现在仅将我86岁生日，他的赠诗（也是他赠我的最后一首诗）录下，作为永久的纪念：

祝胞弟宝镛八十六岁诞辰
——公元一九二〇年即农历庚申十一月十二日，生于济南。
（一）幼年
庸弟周岁八十六　　寿宴恩馈五畜肉
喜闯七三八四槛　　且赠韵句为尔寿
自幼怕沾荤腥肉　　只饮母乳与米粥

169

妈说这叫胎里素　　素食婴儿能不瘦
体瘦机敏动不休　　不攀树来便登楼
喜食鲜桃同脆枣　　活脱精灵猢狲猴
庚申生人相属猴　　属相性格怜相投
吾辈生男汝行三　　三猴猴三挂口头

（二）家世

咱父亦是排行三　　大伯独子名宝善
二伯无男宝中嗣　　中兄庸弟亲血缘
世居历下五代传　　原籍河北某草甸
吾家堂号称怀德　　怀德堂王铭心田
高曾祖父名讳彬　　曾祖父名讳天凤
祖父名讳乃麟炳　　父辈福禄寿三星
福昌禄昌并寿昌　　三星高上怀德堂
德之一字千钧重　　不以德重非我王

（三）流亡

七七卢沟烽火起　　怀德香烟熄难继
别母抛家流亡日　　正值柳茂泉涌时
风雨跋涉三千路　　忍舍东鲁走西蜀
流亡迁校共一举　　心潮澎湃漫读书
渝州考取歌剧生　　乍见舞台缤纷景
剧艺救亡两何之　　辗转求索离嘉陵
戏剧学府在江安　　剧专校长余上沅
更有曹禺焦博士　　皆都名宿或名贤

（四）求索

江涛翻腾江不安　　抗战激情颂延安
顽敌窃喜二虎斗　　几多志士困长安
黄雾朦朦嘉陵畔　　江城渝州别有天
纸醉金迷自升平　　管它国破谁攸关
愤别陪都进大山　　大别山里斗敌顽

缺医短药少护理　　士气更盼文工团
文艺兵团上火线　　鼓舞士气肩靠肩
同生共死功不设　　并进北平庆凯旋
（五）结语
平生辛耘惟剧场　　是非功过任等闲
二黑结婚口碑在　　犹赞槐荫记新编
风云雷电俱历遍　　饱经阴晴与冷暖
了却歌泣讽颂事　　渤海滩头看远帆

> 宝中题贺
> 2006 年 10 月 9 日
> 2006 年 11 月 4 日重定

嫂嫂去世后，哥哥以俳句的形式作《悼亡篇》、《追思篇》共 77 首。晚年的哥哥还将祖国 56 个民族编成中华民族 56 个民族的歌，以及祖国版图及行政区划歌，供中小学生作为史地辅导教材。现亦附录于下：

《中华 56 兄弟民族名称歌》（简称中华民族歌）——九年义务教育史、地辅导教材之一。

纳拉回京怒满朝　　东土塔基德独保
乌蒙高塔布壮景　　水土普布裕柯苗
阿哈哈达白鄂鄂　　维锡赫汉藏门珞
傣侗俄仡僳仫佤　　黎毛羌撒瑶彝畲
五十六族共一家　　全家都姓大中华
文化各异无轩轾　　一族一花皆奇葩

《中华版图及行政区划歌》
辽吉黑蒙宁甘陕　　两广两湖两河山
新青藏川苏浙皖　　云贵赣闽琼台湾

全国二十三行省　五个民族自治区
另有四个直辖市　首都北京沪津渝
香港澳门巳回归　设两特别行政区
中华版图一雄鸡　独立东亚引吭啼
幅员辽阔长海岸　纵横 960 万方公里

2008 年 7 月 19 日完稿
时年八十有八岁

悼念山尊同志

读 7 月 3 日的晚报,眼前闪过一道噩耗——欧阳山尊昨驾鹤西去!

我两手颤颤地握着报纸,告诉屋外的老伴,大声地,几乎是喊了出来:"山尊去世了!"

我们沉默了多时,我喃喃地说:"再去北京时,想去看看他,他却走了!"

我呆呆地望着报纸上他那张照片。那是 2007 年 4 月 7 日晚,当时 93 岁高龄的山尊,在解放军歌剧院登台演出《纪念话剧百年经典话剧片断欣赏》。他坐在轮椅上,朗诵鲁迅的剧本《过客》。据说朗诵过后,竟然从轮椅上一跃而起,拄着拐杖,雄赳赳气昂昂地走下舞台。这才过了两年呵,他却是由于全身器官已经衰竭,导致身体十分虚弱,营养液无法吸收而终。

我和山尊的关系,相识相知是多方面的。在老人艺①他是副院长,我的上级,50 年代演出歌剧《王贵与李香香》,我饰香香的父亲李德瑞,他饰游击队长,我们又是同台搭档。1954～1956 年两年半的时间,在中央戏剧学院导演干部训练班,向苏联专家列

① 老人艺:这里所说的老人艺,是 1950 年成立的,院长是李伯钊同志,山尊是副院长。现在的人艺是 1952 年成立的。它的前身是老人艺里的话剧团和中央戏剧学院的话剧团合并而成。山尊仍是副院长,并兼副总导演(总导演是焦菊隐先生)。因此,说他是人艺的奠基人是当之无愧的。

斯里①学习时又是同班同学。在我所演的片断里，他又当配角。从这些情况也可看出山尊是一个为人和蔼可亲、平易近人的人。在剧院里他作风民主，毫无首长、导演、艺术家的架子（这时坐在我身边的老伴告诉我，有一次外出演出，演员们坐在一辆大卡车上，山尊也挤上去，驾驶室里明明有个空位他却不去坐。他上了车就和大家说说笑笑）。

欧阳山尊在歌剧《王贵与李香香》中饰演游击队长

作为一位院长、大导演，在我国又有哪位像他一样再到一个训练班当学生的呢？

从此，又可看出他对研究史坦尼体系之渴望、之执着，以及他对导演艺术孜孜探索之恒心。

真是活到老、学到老的楷模。

我们虽是同学，又是舞台上的搭档，但我还是从内心里尊敬他，视为我的师长。他的那本《〈日出〉导演计划》是一篇优秀的毕业论文，也是学习导演的一个范本。我一直还是要阅读的。

---

① 苏联专家列斯里，是莫斯科艺术剧院的导演，卢那卡尔斯基戏剧学院的教授，是史坦尼斯拉夫斯基和丹钦科的学生，导演干部训练班所学正是史坦尼的导、表演体系。

文化部何时举行追悼会尚不知。我也不能去参加。让我默默地祝愿他走好。

安息吧，我尊敬的师长山尊同志！

2009 年 7 月 14 日上午

怀念李广田老师

——写在广田师百年诞辰纪念日

广田师，我想念您！

1949年初，我随大军进入刚刚解放了的清华园。我是在李伯钊同志领导的晋冀鲁豫边区人民文工团工作，是从石家庄星夜赶到的。当时在清华园还能听到炮声，北平城内尚未解放，还正在和傅作义将军谈判。天气较冷，清华园里已经有了暖气。我们这些"土包子"是头一回见到这所谓的"暖气"。虽然睡地铺（地板地）也觉得很舒服。管理员发给我们每人三天的口粮，有十来个馒头，是预备进城后吃的。还不知何日能进城，怕坏了，也不知是哪位"智者"发明的，把馒头切成片，夹在暖气管缝中烘干，说这样可以放得久。大家就都照此办理。也正是在这时候，听到一个特大消息：李广田老师就住在清华！这太好了，真是高兴得很！马上去拜访。自从在四川罗江分手，至今已经整整十年了。我向他汇报了国立剧专五年的学习生活，去延安鲁艺的夭折，以及后来参加新四军，又在中原突围的经历。他感动，又激励我。我们已经是事实上的"同志"了。可哪能想到这次见面，竟是一次最后的见面呵！

广田师，我想念您！

1936年我考进山东省立济南中学，虽然语文课不是广田师，也没读过他的著作，但他们三人的《汉园集》是知道的。特别是他作的一首校歌，印象是深刻的，至今还能背下来：

我们是紫色的一群

我们是紫色的一群

我们是早晨的太阳

我们是迎日的朝云

我们是永久的少年人

我们是永久的少年人

看，佛山长碧

　　明湖长青

　　趵突水长喷

我们的意志长存

我们的精神长新

　　坚忍、活泼、劳苦、天真

　　日新、又新，永久向前进

我们是紫色的一群

我们是紫色的一群

我们是早晨的太阳

我们是迎日的朝云

我们是永久的少年人

我们是永久的少年人

当时我们都穿黄色的童子军服，打紫色的领带（一般学校均结蓝色领巾），紫色是我们的校色。孙东生校长说，紫色是铁与血交融的象征，是要我们青少年襟怀此色，做"铁血健儿"，刚正不阿，抵抗外敌侵略，振兴中华。广田师接到作校歌歌词的任务后，立即和音乐老师瞿亚先商议，分头进行创作。瞿老师接到作曲任务时曾经说，这是我自上海艺专毕业后，并参加过田汉先生的南国剧社以来，经受的第一次重大考验。果然，词曲俱佳。它润育了我们一代人，正如我们的老校友、山东师范大学中文系教授冯中一说的："一直成为我生命历程的得力插曲与伴奏。这就是一支优美校歌的深远魅力！这就是一支崇高校歌的宏大感召效应！"

广田师，我想念您！

在流亡南迁的一二年中，广田师可说是我们这些孩子们的"衣食父母"。他除了正式上课，在日常生活中，对我们也是无微不至。哪个同学买书没钱了，哪个同学外出没有路费了……他都伸出援助之手，并亲自为我们管理伙食。他在平日生活中也遇事给予教诲。记得那是1938年4月10日，我们驻在河南赊旗镇时，两位老师——瞿亚先和夏省吾在一座火神庙（赊镇小学）里开绘画展览会。由于当时条件的限制，均为铅笔画。夏省吾老师还在黑色纸上画粉笔画，别有风格。广田师参观后赞道：

瞿先生：风景清润，有如"月明垂叶露"。

夏先生：古树劲健，乃似"龙怒拔老湫"。

（"月明垂叶露"、"龙怒拔老湫"，均为杜甫诗句）。这也等于给我们上了一堂生动的语文课。紧接着4月11日那一天，据报载鲁南的日寇已成瓮中之鳖，津浦一段平原、禹城以及德州全克复，济南齐鲁大学已收回。胶济路张店、益都亦克复，青岛近郊有激战，烟台有巷战。和广田师说起这些战况，广田师说有一首诗与此时我们的情况很相似。这就是杜甫的七言律诗《闻官军收河南河北》。诗曰：

剑外忽传收蓟北，

初闻涕泪沾（满）衣裳。

却看妻子愁何在，

漫卷诗书喜欲狂。

白日放歌须纵酒，

青春结（作）伴好还乡。

即从巴峡穿巫峡，

再（便）下襄阳向洛阳。

（括号内的字，见《唐诗三百首》）

广田师顺口朗诵，我们听得入神；又给我们上了一课。

1938年6月间，我们到了湖北省西北部的郧阳县，住了有半年的时间。在这里成立了湖北中学。这期间在河南成立的救亡工作团已不复存在，只有话剧组尚在工作。就在这个话剧组的基础上成立了狂飙剧团。这个狂飙剧团的名字，就是请广田师起的。狂飙，即大风暴。陆云《南征赋》"狂飙起而妄骇"，也用以比喻猛烈的变革或力量。德国也曾有过"狂飙运动"，一译"狂飙突进运动"，指18世纪德国资产阶级文学运动，因为德国作家克林格尔的剧本《狂飙突进》得名。它反对封建割据，批评死气沉沉的封建文艺和虚构的道德，提倡个性解放和创作自由，歌颂"自然"，强调"天才"和"民族风格"，是德国启蒙运动的继续和发展。代表人物有青年时代的歌德、席勒和赫尔德等。由此可见广田师起这名字，其寓意是深远的。我们也正处在全民抗战的大风暴中，人们（也包括万千观众）一听"狂飙"二字，就极其振奋，它大大地唤起了观众的救亡之心，御寇之气，特别是在鄂西及陕南一带。我们这个狂飙剧团共有25人，行程2500里，演出的剧目有41个，演出的场次68场，约有观众四五万人。到罗江后，广田师办起了校刊《锻冶厂》，在第二期上广田师指导我写了一篇《狂飙剧团二千五百里公演记略》。

那是1939年12月1日，我们在罗江四分校开了一个欢迎大会。欢迎被困在重庆的孙东生校长归来。广田师定名为"孙校长受训毕业返校欢迎大会"。会开得隆重、热烈。广田师以12月1日（一二一）作歌一首：

> 第四分校，一二一，永远前进，一二一，
> 一个步伐，一二一，一个意志，一二一，
> 向着自由，一二一，向着光明，一二一，
> 前进前进，一二一。

广田师给起了一个好听的名字"受训毕业"，其实所谓在重庆被困，是以莫须有的罪名，教育部扣下孙校长不让返校（当时四分校早就有人给戴上一顶"赤化"的帽子）。我们师生多次给校本

部交涉，并致电教育部挽留孙校长，才得到圆满解决。这个"一二一"的日子也正与头年我们四分校从郧阳出走是同一天。

那是 1938 年 12 月 1 日。我们第四分校夜半逃出郧阳城。事出有因，以高中自治会为首的"反对派"，大肆阻挠四分校首先迁川。这时狂飙剧团的一个"中国青年"（哑剧《九一八以来》中的一个角色，当时大家都这样称呼这位演员），就打了这位自治会长。他们为了报复，所以才有打了尹纯德同学的事发生。孙校长深恐事态发展愈演愈烈，就急急作出夜半出走的决定。蒋毅生校长立即赶赴江边和我们告别。当时两位校长抱头大哭，因而后来就有了"孙东生夜奔郧阳城，蒋毅生哭送汉江边"的谐语。传为佳话。

20 世纪 60 年代，我在中央音乐学院任教时，曾与金帆同志合作，将他根据杨沫《青春之歌》改编的同名歌剧搬上舞台，在教学改革方面取了一些经验。接着就想到要将广田师重新整理的、撒尼族那部优秀的叙事长诗《阿诗玛》改编为歌剧。由苏夏教授作曲。已经将阿诗玛与阿黑的两首咏叹调谱成，并在学生中试唱。还欲邀请黄永玉先生为舞台美术设计。可惜的是由于当时的变动而夭折，真是一件终身遗憾的事！

广田师，您要像巴金先生一样，能度过这百年诞辰多好呵，我们可以热情地拥抱、握手、叙谈，您也仍可以拟个题目，教我作文！可恨"四人帮"将你迫害而死！不，您没有死，正像诗人臧克家的那首诗："有的人活着，他已经死了；有的人死了，他还活着"。您还活着！您仍然一直就那么站立着，像百年老树，站立成千年古柏！

想念您呵，至敬至爱的广田师！

田庄于青岛，时年八十四岁

2004 年 2 月 15 日初稿

2004 年 3 月 15 日定稿

原载《地之子 教育诗——李广田百年诞辰纪念

文集》，云南大学出版社出版，2006 年

最后一次握手

　　和周恩来总理见过不止一次面。但有一次握手，却深深地印刻在我的心上。

　　自全国解放以来，周总理就非常关心我们的文艺工作。就以我所在的剧院（北京人民艺术剧院及歌舞剧院）来说，多半的戏他都看过，有的新戏就是彩排他也到场。1956年中央戏剧学院导演干部训练班的毕业公演他当然也要参加。这次演出非同寻常，因为这是学院第一次开的导演干部训练班，是第一次请的苏联专家列斯里开的训练班，当然毕业公演的戏也是在专家指导下排演的。毕业公演有三出戏，即欧阳予倩的《桃花扇》、苏联的《柳波夫·亚洛娃娅》和意大利喜剧作家哥尔东尼的《一仆二主》。这天晚上演的是《柳波夫·亚洛娃娅》。在拉下大幕戏间休息的时候，漆黑的舞台上显出一个人影（幕间换景专家是不让开亮灯光的），即刻一只大手伸过来握住了我的手。谁呢？我还没省过神来，人影不见了。后来我才知道原来是我们的周总理来看我们了。我多么后悔没看出是总理，也没道声"您好！""谢谢总理！"毕业回到歌舞剧院，1959年我调中央音乐学院任教后，再也没机会见到总理。他老人家去世时，我正在青岛的五七干校，那天我吃不下早饭，我怎么会想到那是最后的一次握手呢！

1999 年 2 月 3 日

只有一面之缘的三位先生

　　1970 年，我是解放后第二次到上海。那时我已经调青岛市歌舞团。到上海的任务是要将沪剧的《金训华》（一位模范的知识青年）移植为歌剧。正是 5 月，天气正好。我先到来是打前站，后面还有十几位同志也要来看戏。抽空闲时间我去访老朋友、也是老校友，上海人艺的导演凌琯如同志。自从 1956 年，我们在中央戏剧学院苏联专家列斯里的导演干部训练班毕业后，是第一次见面。在她家巧遇专家班同班同学潘予同志，她也是从广州到上海访友的。我们一同在琯如家吃过午饭以后，她带我一同拜访她的一位朋友，是著名漫画家张乐平。我知道这位漫画家，也熟识他的一些作品。他著名的三毛，以及《三毛流浪记》，是遐迩海内外的。他平易近人，身着朴素。居室虽不宽敞，但也简朴洁净，却未见点滴画具。不一会儿一位高大而胖的妇女出来，经他介绍原是他的夫人，说是曾瘫痪在床四年之久。我好奇地询问：如何医治好的？他们均不知所措，只说：请过各种各样的大夫，服过多种多样的药，也不知道是哪位大夫、服哪种药物见效的。可谓奇迹。

　　这之后，我再也没有去上海，自然也就未能再去拜访张乐平先生。

　　另一位先生，是 80 年代，我在北京中国戏剧家协会《剧本》月刊编辑部工作期间，我于暑期休假回青岛，软卧车厢里只有我们两人，那位先生身材魁梧高大，看样子可能长我十数岁。我们同住一室，但一直也未交谈。有一位老太太进得室来，坐在那位先生的床沿，与之谈话。看得出来，是那位先生的夫人。因为她面善地看着我，我也就顺便与其交谈了几句。这位老太太即刻向我介绍道："他叫冯至，也是去青岛的。"接着，很快又补充了一句："去青岛休假。"我始恍然大悟："呵！冯至同志，久仰！久仰！……"我无意中从床沿站起来，和他握手："很抱歉，您的大作读得太少……"他也站起来，又让我还是坐下，我接下去言道："只读过您的《十四行诗集》，那还是很早以前——抗日战争时期！"我们就闲谈起来，他知道我还是李广田的学生，我们之间似乎又靠近了一步。老太太只在一旁微笑着。列车到达终点站了，我们下车分手。遗憾的是我们没有更进一步的接触，我也未尽所谓地主之谊！

又过去十几年，听说他在京逝世。

一代诗人！一代文学大家！

是 1980 年或是 1981 年期间，已经记不清了。也还是我正在《剧本》月刊编辑部工作的时候。那年日本的"能乐"到北京来访问演出。演出后，中国戏剧家协会召开了一次座谈会，地点在民族文化宫一间小会议室，我也参加了。主持人是协会副主席刘厚生同志。我正巧坐在也是协会副主席的张君秋同志身旁。对这位著名旦角演员当然是熟悉的，但从未面对面地交谈过。这次却有了机会，我就不客气地自报了"家门"，并介绍说：我的岳父是王又宸先生。他听后，特别高兴，最后他笑着说：抽空来我家做客。

我知道他和我岳父是再熟不过的，他们曾搭过班演过戏。那时他还很年轻。我的老伴王蕊芳小时候见到他就叫他"红哥"。原因是她曾看见过他所演的苏三，她不是穿着一身红么。

我虽然留在北京的时间不算短，可是总没有时间去他家拜访。幸好我常常见到他的女公子张学采，便道声："回家代我问候您父亲！"她和我同在一层楼办公。她是《外国戏剧》双月刊的英文翻译。

前些年，年迈的张君秋先生为音配像忙碌不堪，操劳过度而仙逝，真使人伤痛！我们是同庚，那年他当是七十七岁。

这些年我年纪大了，常常想起这三位先生。每每想起，也就每每感到无限遗憾！

2004 年 3 月 20 日至 2004 年 4 月 13 日

作曲家张定和老师

2009 年 5 月的一天，我和老伴蕊芳到中国歌剧舞剧院看望张定和老师。

这之前，有同志说他已经躺在床上了。我和蕊芳商议，赶快去看望他，越早越好。心里是很沉重的！

我们先给他家打去电话，是他的长子以求接的。我们约好了时间，说最好是午后，老师此时精神较好。

原来是一场虚惊，他精神的确很好。只是躺在床上，瘦得可怕，完全是皮包骨头。我们彼此紧紧地握着手谈了许多许多。可不是吗，我已离开剧院 45 年了。记得其间仅见过一次面。听说他这以前曾经动过两次手术。为了不使他受累，我们在控制时间内和他告别。他一定要下床，由他的女儿以童搀扶他送我们到屋门口，以示他的健康吧。他现在已经没有什么其他病症，只是身体虚弱而已。需要静养。这样，我们也就很安心了。

1940 年秋我考入四川江安国立戏剧专科学校，张定和老师已经离校他往。我最先接触到的，是他的作品，他的一首有关流亡的歌曲，我通过它来学习舞蹈。这首歌曲是他为吴祖光老师的处女作——话剧《凤凰城》写的插曲。由舞蹈老师杨帆（吴晓邦老师的学生）将这支歌曲配到舞蹈上，教我们舞蹈课。定和老师还为当时很多话剧配过插曲，据我所知，除以前提到的《岳飞》中《满江红》是他重新配的曲，再就是这《凤凰城》，还有余上沅校长的《从军乐》，以及以后的《大雷雨》等等。这样，他就是我未曾见面的老师了。

解放后，北京人民艺术剧院成立不久，院中的歌剧团又分出来，单独成立了中央实验歌剧院（中国歌剧舞剧院的前身），老师也就来到歌剧院。这样，我们师生才有了合作的机会。

那是 1956 年，剧院的卢肃（《团结就是力量》的曲作者）和黄曾九、关太平同志将全国风靡一时的黄梅戏《天仙配》改编成新歌剧《槐荫记》。这是新歌剧工作者向民族戏曲学习的一次创作实践。成功地创作了一部"戏曲味的"新歌剧。在这之前，学习排练了河北梆子《桑园会》、闽剧《钗头凤》、花鼓戏《刘海砍樵》、《补锅》、二人台《走西口》、梨园戏《陈三五娘》，也排了黄梅戏《路遇》和婺剧、楚剧的《槐荫分别》等。这就为歌剧的创作和排练打下了深厚的基础。

歌剧《槐荫记》由歌剧一团演出。我和王苹同志导演。张定和老师作曲并配器。强调从学习戏曲基础发展起来的民族风格的唱法，乐队也使用了民乐队，舞美设计马方舟，服装设计是穆义清，灯光设计是邱泽三。服装、化装均有一些突破，比如仙女们的化装——头饰用了高发髻（这在当时连戏曲界也是没用过的），是首次在舞台上出现。两位主要演员，七仙女由于莲芝扮演，董永由王嘉祥扮演。他们两位戏曲功底都较好，都学习过较多的戏曲剧目。如嘉祥演过花鼓戏《刘海砍樵》等戏，莲芝演过豫剧《红娘》等戏，均是较出色的。

歌剧《槐荫记》1956 年首次公演于天桥剧场。文化部副部长夏衍同志在祝贺演出成功的信中说：新歌剧中最难解决的两个问题：其一是继承传统和学习西洋，其次是普及与提高的问题，得到了初步解决。……对话采用了戏曲中的韵白，这都是可喜的成功的尝试。

这个戏 1958 年冬曾赴莫斯科、列宁格勒①、新西伯利亚、伊尔

---

① 即今日的圣彼得堡

库茨克等地演出，也深受欢迎。后来还曾列入中央音乐学院歌剧系的教材（即所谓"三女"教材——《白毛女》、《茶花女》、《七仙女》）。

顺便提一下，也就是在这一时期，和当代荀派传人、京剧表演艺术家孙毓敏相识。我们演出时，曾给戏曲学校送过票，她那时在戏校尚未毕业，看戏后曾写信祝贺。这以后，到 60 年代再度上演时，她还是要看戏，我送了她两张戏票。也是在天桥剧场演出，她去得特早，是和她母亲一块儿去的。可惜的是从此就再也没机会晤面。

今年 9 月，国庆前些日子我又去北京，于 10 月 5 日再次拜访定和老师，他仍精神很好，正躺在床上看电视。我仍是按照前次去的时间，在午后两点以后。我把带去的香蕉，剥皮后送到他口中，他连吃了大半，然后一直哼着曲调，笑眯眯地，我猜想大半是他过去得意之作吧。我告诉在一旁的他大儿子以求，定和老师是剧专老师中唯一健在的一位。愿他安康、长寿！

我总是对他以师相待，可他却从不以师自居。有一桩事，我是总不会忘记的。那是复排《槐荫记》的时候，我住在中央音乐学院的宿舍三楼，因犯了腿疼病没去剧院排练，他远道而来看我，商量排练的问题。事虽小，但给我的印象极深。

2009 年 10 月 28 日

于是之二三事

和一位新朋友聊天，因书房里有一副于是之书写的条幅，就谈起 50 年代在北京人民艺术剧院的一段往事。

剧院刚成立时人才极端缺乏，幸好招来一批人才，其中也有几个大学生，于是之就是其中的一个。当时他还是一位业余演员。剧院对这批新演员极为重视，在生活上也多做些安排。于是之被分配和我住在一个房间，当时是东华门原东兴楼饭庄的房子。建筑规格不算低，但在解放之初一切从简的情况下，我们仍然睡地铺，垫干草。对于是之则格外"优待"，将我们乐队自制的装低音提琴的大木箱给他当床睡。说到这里在座的朋友和家人都哈哈大笑。记得他到剧院演出的第一个戏还是李伯钊院长写的歌剧《硫黄厂》，这是解放之初最早的一部描写工人的歌剧。我们还在话剧《莫斯科性格》中合作过一次。他的成名之作就是在老舍先生的《龙须沟》中所扮演的程疯子。正是为此戏老舍先生才被奖为人民艺术家。还值得一提的是于是之曾在歌剧《长征》中扮演了毛泽东主席这一角色。这是新中国第一个毛主席的舞台艺术形象。

1950 年作者与于是之（右）

我离开人艺剧院后，大约到 70 年代末期才看到是之所演的《茶馆》。90 年代初，我为了照顾孙子上小学，住在紫竹院附近社科院大儿子的宿舍里，有一天大清早我去紫竹院公园锻炼，路上突然碰见了是之，哎呀，真见老了，他还流着鼻涕。老相识说不完的话，匆匆分别。原来他也住在附近，和卢肃、管林一个楼。过了些天我去看他，当然也见到多年不见的他的夫人、也是剧院演员的李曼宜。我挂的这副条幅就是那次见面时是之写给我的：仁者乐山，智者乐水。

1999 年 2 月 3 日午后

诗文篇

卖樱桃的老妇

无聊得很，独自坐在公园里，凝视晴空。

片片的软云，变幻出各种姿态飞过了。空中只留下一串美妙悠长的鸽笛声。

"好吃的鲜樱桃呐！"

我被这甘甜意味的叫卖声转移了视线：一个衣服褴褛的老妇携了满篮鲜红的樱桃，从我身前蹒跚地走过，她一双乞求的眼睛注视着我，可是她失望地去了。因为我毫无买的意思，仍然两手捧腮望着天空。她的身影，我是看得到的。我似乎被她那失望的表情感动了。突然，我想到口袋里的几个大铜板。"为什么不买她点樱桃呢？"可是她去了，她已经逢到了她的主顾。一个穿长衫的、油头粉面的男人，招呼她了。她的脸上立刻换了一副欢喜的表情：来了好生意了。她分明看到一个阔绰的顾客呢。然而却只有两个铜板丢在她的篮子里，她顿时现出失望的神色；可是她却依然勉强带笑地将樱桃包好给他了。那男人打着口哨，不经意地左手接过来，右手随即又抓起几穗，趾高气扬地正想走，可是又停住了。奇怪的话留住了他："先生，别再拿了！不够本呐！大孙儿打鬼子在前线阵亡，二的又给抽去了，我的生活全靠一棵樱桃树啦！……"那男人却扬长而去。她满腔充溢着悲怨，仿佛就要哽咽起来。

我被一种念头驱动着，走过去了，把口袋里仅有的几个铜板掏了出来，放进她的篮子里，转身向宿舍走去。我听到给我包好樱桃的老妇一串声音喊着："先生！先生！"

1939 年 4 月 28 日于罗江

剧专，我敬爱着你

——记来校第一日

我们所乘的那只肮脏的"长通"轮，终于将我带到目的地了。

当我和游君随了挑夫走在整洁宽阔的马路上时，我们带着满脸笑意，心中是有一种说不出的滋味。三天不见阳光的阴沉生活，在孤寂无味的统舱里也是够受了。一旦看见这明朗的晴空，简直把浑身的疲乏都忘在九霄云外了。尤其是游君，他仰望着那碧空的太阳，几乎像小孩子似的快活着说，这骤然的晴天，是象征着我们将来从事戏剧事业的光明呵！

街上的人似乎也带了笑意欢迎我们——像是在庆贺剧专又生了两个小孩子！我们是很知道此地人与学校的感情的。

当挑夫引我们又拐了一个弯，已经看到那低矮的城墙时，我向前面猛抬头，看到一个极幽雅的树枝编成的园门，依自然的枝条编排了"国立剧校"四个字（这还是没有改"专科"的校名）。我本来不平静的一颗心，跳动得更厉害了。随即眼前又现出在绿丛中的一个茅草亭。这时反而镇静下来的游君，拿出一种"道学家"的风度说了四个字："环境清雅"。

刚踏进校门，我们就确实感到像到了自己的家。因为我从没遇到像这么一些亲爱如兄弟姊妹的同学呵！他们帮我们办入学手续、找宿舍、提行李、铺铺盖……我们简直不知道如何是好了。

真的，他们像亲兄弟、姊妹一样招呼着我们，告诉学校中的情况；我们参观着校园、宿舍、自治会、壁报，和那作为我们将来

"宝库"的图书馆。整个的文庙作为我们的校舍，修理得十分整齐清雅。

晚上，我坐在床上老不想睡。我想着开课时的情形；想着不曾见面的先生，那么亲切地教导我们。这些，大哥大姐已经告诉过我们了。我兴奋地跑到桌前，给朋友们写了几封信。

最后，在日记的末尾，我写着：

"剧专，我敬爱着您！"

1940 年 9 月于江安

我的小史

我和世界见面将近二十年。我很庆幸正逢着这万花筒般的 20
世纪——尤其是 40 年代的祖国的民族解放战争。我在蓬勃的兴奋
的热情的烽火中艰苦地生长起来了。祖国滋养了我，她将给我更健
全的生命。

十七个年头，我在历山之下、明湖之滨，我的故乡济南，过着
甜暖的家庭生活，尝到了父母的慈情和兄妹的友爱。过着学校生活
后，我才晓得世界之大、人生之苦。知道"苦"是人生的不幸，
但也是人生幸福的门槛。我不能不感谢启蒙我的小学导师。那时候
使我对于戏剧就感到有很大的趣味。全国第一届儿童节，我参加了
济南市儿童戏剧竞赛会，演出了第一个戏——《博浪沙的大铁
椎》。我饰剧中秦王副车一角，得到人们的赞誉。闪烁发光的银章
至今是我的心爱之物。从此对戏剧（说演戏更为恰当些）的趣味
就更加浓重了。

初入中学的一个阶段，由于学校的封建，约束着学生的个性发
展，使我既不能演戏，也不能看戏了。然而这个阶段也毕竟给了我
莫大的裨益。我在这时看了不少戏剧书籍，其中剧本占了绝大多
数。晓得了所谓南田（汉）北熊（佛西），也晓得了莎士比亚（因
为一位先生介绍我看了《罗密欧与朱丽叶》，并介绍了一点作者生
平），顺便也知道了易卜生。对于易卜生，当时还不是很了解。记
得我的学校隔壁就是高中部，一天晚上他们在演易卜生的《娜

拉》，我化装穿了高中学生的制服，越墙去看戏。那一次我却扫兴而归。扮演娜拉的那位男生嗓子又粗又哑，简直是发的噪音！（那时刚学过乐理，故而知道"乐音"与"噪音"之别）。

真正领我走上戏剧之路的还是祖国。第十八个年头开始后，我即刻就被卢沟桥的炮声震得清醒了。学校说了一声南迁，我就毫不迟疑地抛弃了那温暖的家庭，在 12 月的北国寒风里，在冰雪皑皑的平原上，为我们的祖国奔走着。我们学校封建的枷锁这时也被我们战士的炮声，以及祖国对倭寇的怒吼声敲碎了。于是我们同学组织了剧团，参加了以戏剧对抗敌人的宣传战争。二十五个团员是一个铁的小堡垒，歌声响遍了鲁西、豫中、鄂北、陕南与川北。几千万民众跟着我们共同呼吁过，我们是同一颗心，我们一块生活过整两年。

去年，我的第二十个年头的开始，我决心将戏剧作为我一生的武器，为祖国的解放、为世界的和平而斗争。我开始磨炼我这厚钝的武器，使它锐利。我考进了我们唯一的磨炼房——国立戏剧专科学校。

这是我短促的二十二年来的片段记略。我相信我的生命正长，因为我努力的路程尚遥远。最后我说：

世界是我的大舞台，我要扮演成一个英勇的战士，演出为世界和平而奋斗的壮丽的史剧！

1941 年 10 月 15 日于江安

江安之冬

　　在病中感觉江安之冬是冷沉、阴郁而寂寞的。偏偏我又住在一个地窖样的阴暗而潮湿的房屋中，精神上更加了一屋烦闷的纱网，而身体更觉孱弱了。每天清晨，天还不亮，倒在床上就充满了一个极大的希望，猜想着："是个晴天吗?"然而，这个极大的希望十有八九让人失望。有时候醒得较早，会把你对天晴的愿望的思考占去的。因为江安这个小城是没有市声的，代替它的是江边传来的船夫拉纤的声音，低沉而悠远的，这声音却能解除我不少的寂寞，而精神上得到刹那的奋快。

　　江安的一切都没有北方的家乡味。唯有偶尔刮起风来的时候，那时它会诱导我的相思的灵魂，漫游过故乡荒芜了的田园，使我像恢复了健康一样，拾起父亲遗留下的唯一的那枝破枪，奔往原野上幼时朋友组织的队伍，我疯狂地扑入他们火热的胸膛。然而，飐一阵风，从破窗外刮进来，我立刻打了一个寒噤，才发觉我满头是汗。于是风吹着破窗纸的声音，依然单调地为我伴奏着寂寥的曲子。如是夜晚，远处的犬吠与更锣便互相应和着共鸣。

　　晴朗的日子是难得的。因此，它便特别珍贵。这样的日子，待在城里的尘埃中游荡是可惜的。十之有九是独自或和一同伴散步在郊外田野里；或坐在草丘上，说着些知心话，欣赏着清淡的田野。水田像平静的湖泊，映着那田庄周围的绿竹。山，仍没去掉以前的妩媚，依然是个青春的含着些羞涩的少女；草，一点没有干枯之色，牛羊吃得依然香甜。农人们耕着湿润的山地，耕地发出泥土的馨香。这种情景，会使人感到，甚至下意识地被诱入春之境遇里。于是，"春天到来了"，我和同伴高兴得手舞足蹈起来。假日时，玩至落日才返校。

不错，在病中江安之冬是冷沉、阴郁而寂寞的，然而，那船夫的低沉而悠远的拉纤声，那诱一个北方青年热血沸腾的风声，那偶尔赋予的"冬天里的春天"，尽能将这缺憾弥补。

1941 年 12 月 10 日于江安

泸州纪行

一

晨光将雾冲散了。"盛昌"轮响起了第三次汽笛。

这个别离是欢愉的：船中的、岸上的，彼此招着手——同是预祝那不久胜利的归来！

我们师生三十九，是要以生活与工作征服我们的观众——全泸州的民众呵。

"我们不是'戏子'，

我们是'艺术战士'！"

"我们

以诚恳的态度，

为着真美善用功，

不怕艰难、不怕苦，

…"

歌声动荡着，浩浩的江水东流着。

二

到了泸州了。

对于这些外来人，人们闪着奇异的眼光微笑着。那五色的大广告牌写着"国立剧专全班人马大公演"。原来人们高兴的是这些"唱戏的"终于到来，他们可以饱饱眼福了。

我们的队伍穿过唯一的一条热闹的大街，虽是穿着流亡时的服装，精神却是饱满的。

到德华旅馆的一段路相当长，路上看到形形色色：

前年被炸的惨迹依然存在。瓦砾堆上兀立着数丈高的断壁，孤寂中有种古罗马的建筑之感。这凭吊带有无限的凄惨与伤痛！

另一方面泸州也确实给抗战繁荣起来了。洋楼、汽车、妖冶女人，一切吃的唱的均都市化了。街上满是"下江佬"。这儿物价还算便宜。因此，在别处发笔国难财而来此坐吃的也不在少数。使人惊异的是：虽是大白天，也有"野鸡"出现。刺眼的脂粉掩不住那衰老的皱纹。泸州是川省有名的妓女所在地。似乎初入川时有人就告诉过。抗战使各方面都进步了，于是这儿的生意女也为数益增。这是可能的事，也是可怕的事。

<h2 style="text-align:center">三</h2>

我们工作得异常热烈而紧张。生活得也极有趣味。

我们说要征服泸州的观众，然而他们却不是我们的敌人，虱子才是要被我们征服的敌人呢。因此在白天的太阳里、夜晚的油灯下，时时看到伙伴们瞪着大眼做"歼灭战"。

我们这次公演不怕不成功，只怕被这些泸州的虱子所征服了！我们的生活就相当地留心啦。

然而，它们的主人，那位矮小的老板娘是个"悭吝人"。我们这些人是她的一笔好生意。她梦想着我们一离开泸州，这个小小的德华旅馆就立刻变成几层高的大楼！的确她是在羡慕着我们的。当那十几岁的少老板又学着我们演戏的时候，她有一次就甜蜜蜜地问我们一个伙伴："你有几个徒弟呵？也许你们还收徒弟吧？"

四

泸州观众的水平比江安还要低得多。剧场里满是庙会戏的气氛，这是不能怪他们的。本来泸州的文化看起来还是低落得可怜，何况这又是话剧第一次在此开码头呢。

奇怪的是有的观众连岳飞究属何人都尚不知晓。

五

老实说，我们归来并没有唱着凯旋歌，但这也不是说我们打了败仗，或说没将泸州的观众征服了的意思，乃是这次我们并没交锋——泸州的观众还不是我们的对手。

然而，我们毕竟是有所收获了，这收获是我们得到了些不易得的教训。同时，我们在泸州已经播下了伟大艺术——戏剧的种子，让那儿的同伴继续培养着它们长大。

最后，我们希望有第二次去泸州的机会，因为我们想看看那伟大种子的成长，并且还想把我们更努力而得来的养料去调养它们一番。

1942 年元月底于江安

街头速写二则

一 逃兵

黄昏。于巷子南口，卧着一个乞丐。孩子们嚷着："一个壮丁！一个壮丁！"大人们议论着："万县逃来的一个壮丁，被打折了腿！"

乞丐的左腿染满了血迹。苍蝇得到饱食，它们愉快的嗡嗡之声，戏谑地伴着那凄惨的呻吟。大腿间束着一条高粱叶，紧嵌到肉里去。黑紫的皮肉臌肿得怕人。一张土黄色的瘦脸，透出痛苦的痉挛，狭小的眼里闪着秋日残阳般的光芒，充溢着怨天的而非尤人的神情。这是我们农民的本色。

家门口的太太们叹息着。妈妈前面拿出钱来了，后面女儿端着碗稀饭。连素日都以为她是个孬人的老太婆，也丢下一张壹圆的中农银行。

一个持木拐的伤兵老乡走过，死盯了乞丐一眼，就破口臭骂："娘那个屁！揍煞也不多！"他牙关咬得很紧，像是解恨："谁叫恁娘的逃跑哩！"他看看周围的人，再拍拍那半根残缺的腿："娘的，咱这个来的多光荣正大！"

大家鸦雀无声地看着这位单根腿的英雄。他又死盯了乞丐一眼，扬长而去。大家才又开始了纷纷议论。

校里的厨役小康也在场，对我说："王先生，看多惨！有钱就给他点吧！"

我弄得很窘。因为最近仅有的一元钱，也被同学借了去。我跑出城去，天已将黑。那凄惨的呻吟之声一直缭绕于我的耳际。

二　弃儿

是中午。在南门内的街旁，炎阳下晒着一个被人抛弃的婴儿。才生下来一星期的模样吧。一群奇异的、亲切的、怜惜的目光，射在她苹果似的脸蛋儿上。她却被无情的日光曝晒得昏厥了，沉入在睡眠的状态里。

人群中挤进一个年轻的女子。泪水弥漫了全副面孔，但也掩不住她那秀美的嘴眼。呵，这副面孔和那睡着的很相像。她被泪水蒙着的眼睛里，射出两道什么情绪的光芒呵！它压倒了那一群注视着的目光了。

"你的孩子吗？……"那位老年的妇人实在忍不住地问。

"不……！捡来的，在郊外……"多么一个颤巍巍的"不"字呵。

"你养着她不好吗？"也许老妇人看到她比所有的人都穿得整齐些。少停，老妇人像忽然感到了什么似的，又补充道："你算行行好！"

半晌，她才回答："家里不许……"

老妇人叹息了，看的人们也都失望地叹嘘着。一个感情过于锐敏的妇人，含着两眶母亲的眼泪从人群中冲出去。

年轻的女子哭泣着扑倒在地上，去狂吻婴儿的双颊。婴儿惊醒，哇哇地大哭起来。

警察过来驱散了这些同情的群众。

这些群众站在远处商店的檐下，目光也不肯移向别处。

烦人的蝉鸣，把婴儿的啼声淹没了。

1944 年 3 月 20 日于江安

拉纤人

——献给母校暨校友会

天还没亮，迷蒙的浓雾里，透出了悠长沉重的船夫曲。听：

"嗨……呀·叫……嗨！"

"嗨……呀·叫……嗨！"

伙伴们，黝黑的臂膊在黑暗里爬行着。汗水和雾气溶化在一起了。步伐是：沙沙！沙沙！

江水汹涌着，冲击着险峻的山崖；波涛起伏着，动荡着我们的船舷。

伙伴们，尽我们的最大的力量，渡过这一个个的滩险；越过那重重的峰峦。这才是第一个码头哪，我们的路程还异常遥远！

瞧！曙光已揭破了黑暗，也吞食了这迷人的雾烟。不是吗？我们要努力追踪前面那无数只友船。绝不能落伍呀，后面又来了追随我们的友船！

红日赐给了我们光明热烈的生命力，江水也张着她们一副金色脸向我们承欢。

伙伴们，继续努力着向前！步伐依然是：沙沙！沙沙！

听：

"嗨……呀·叫……嗨！"

"嗨……呀·叫……嗨！"

1940 年 10 月 7 日夜于江安文庙

此文曾载入母校五周年纪念会暨第三届校友年会会刊为发刊词

工作的笑

油灯里燃着根细灯草
朋友念着他的诗
我给朋友补褂子①

钉一针，听一句
朋友看看我
接着又念下去

线，缝在褂子上
诗，响在我心上

朋友拨拨灯芯
他的声音更嘹亮
我把线拉得吃吃响

褂子补好了
诗也念完了
我们默默的
含着微笑……

1945 年 1 月 24 日夜半于江安

---

① 济南人将单上衣叫褂子。

冬日的太阳

冬日的太阳，是最可爱的，
她像一个慈母抚慰着受创伤的孩子——
西北风收了，灰沙散了；
太阳出来了；
街上，卖唱的三弦调子活泼而生动；
庙前，乞丐们拿着虱子舒着身。

冬日的太阳，是最可爱的，
她像一个慈母抚慰着受创伤的孩子——
西北风收了，灰沙散了；
太阳出来了；
战壕里充满了温暖；
战士们苦笑着；
"总算穿上一层棉衣了！"

冬日的太阳，是最可爱的，
她像一个慈母抚慰着受创伤的孩子——
西北风收了，灰沙散了
太阳出来了；
仿佛听见她在说：

"不要把'希望'尽寄托于我呀!"
"'冬日的太阳'的生命不会长久的!"

                    1940 年 11 月于江安文庙

写在五月

晴空中，
软云里，
曳起一串悠长的鸽笛，
美极了。

呵，这是五月！
情与景太不和谐的五月呵！

游子踏着异乡的原野。
悲凄的心，碎了，碎了！

回忆起往年的情景，
仍如这嫩绿的草毯，
一样的清明：

童年，十一年前，
黄金的时代，
赤子的心上，
印着了沉重悲惨的"五三"！

跪在呻吟着的母亲榻前，
泪水洗着过去的遗憾；
遗憾呵，遗憾！
直望着鬼子狂暴摧残，
秀丽的佛山燃起烽烟；
明湖化为污血一片！

如今呵，如今，重现旧观，
哪年呵，哪月，回到济南？

晴空中，
软云里，
曳起一串悠长的鸽笛，
我疯狂地呐喊，把它震散。
悲壮的歌声飘起来了：
"五月的鲜花，
开遍了原野，
鲜花掩盖着志士的鲜血；为了挽救这垂危的民族，
他们曾
顽强的抗战不歇！"

1939 年，"五三"济南惨案纪念后二日，于罗江

我挂国旗

今年立秋之后，天气还不算冷。我的表妹阎淑君来看我了。这几年彼此上了年纪，来往也就少了。逢到年节日子彼此通个电话也就算了。

她腿脚不好，一人不敢出远门，是她的二女儿于永明陪她来的。不知怎的，他们走到珠海支路去了，找不到我住的大楼，用手机打来一个电话，问清了路，这才到家。其实，记得前一次来也没有多少年。那时225路车还在楼前经过下车呢，现如今返回的车却不在这里停了。

在谈话中，她忽然提起当年我挂国旗的事来，说当时她曾剪报，留了下来。这件事她不提起，我已忘怀。我想，如果登报我一定也会留下一份。可是，它又放到什么地方了呢？她听说我已忘了此事，并没有了这份报纸，她说，哪天我把那份剪报送给你。

这件事就算搁下了。我想抽时间亲自去一趟，拿回来留个纪念也好。没想到昨天（11月27日）于永明把剪报送来了。另有一份打印的。我说剪报还是你们留着，我只要这份打印的，她说，我们也存了一份打印的，这份剪报是送给舅舅留念的。

这到底是一份什么样的剪报呢？是我挂国旗的一份剪报。我和老伴就回忆起它来了：

那是1999年的一份报纸，记得大概是《青岛晚报》，记者李建勋写的一篇特写，题目是《第十次升旗》。原文如下：

今天早晨 6 时整，兴安路 15 号居民楼三楼一扇窗户外，一面鲜艳的五星红旗迎风招展，分外引人注目。"升旗手"是一位 78 岁的老人——田庄。

田庄老人是有 52 年党龄的老党员，离休前是青岛歌舞团的导演。一面国旗，寄托了他对党、对祖国的坚定信念。

这是他第十次在国庆节的早晨升挂国旗。

1989 年国庆前夕，田庄想通过一种方式表达他对党、对祖国前途的信心，因而想到了升挂国旗。他跑了许多商店，在中山路的一家商店里买到了该店最后一面国旗。从那时起，每年元旦、"五一"、"七一"、国庆四个节日，老人都要在窗外升挂国旗，虽然是在自己家里升挂，老人却非常认真，他查看了《国旗法》，日出挂旗，日落收旗，每逢国庆节，连升三天。

年年挂国旗，年年心情不同。去年国庆恰逢香港回归，老人与老伴在太阳初升的时候挂出了五星红旗。他高兴，在有生之年看到了香港回归。

今天挂国旗，老人对党对祖国又有了新的理解。他说，今年我国一些省份发生特大洪灾，自己天天看新闻，为灾区、为灾民感到揪心。在党中央的领导下，军民团结一致，战胜了特大灾害，谱写了可歌可泣的历史篇章。想一想，有这样的党、这样的军队、这样的人民、这样的祖国，怎不自豪、激动！

这篇特写的下面，有一张两人挂国旗的照片。是这样写的说明：

今天早晨 6 时，伴着初升的太阳，田庄老人同老伴王瑞芳将国旗悬挂在窗外。

李世俊摄。

这篇特写不长，虽然有几处差错（如当时我的年龄是 79 岁，党龄是 53 年，老伴名蕊芳而不是瑞芳），但现在再读并回忆这段往事，心情还很激动。要问为什么这几年不再挂国旗了呢？

原来自住进这座大楼，每逢节假日，大门外就挂国旗，我就不必再挂了。可是每逢节日，我总是起床后看看窗外一号楼是否挂上国旗了？挂上了！再跑下楼看看我们二号楼挂上没有？也挂上了。我的心就踏实了。好像他们都是为我做了这些事。

我那面国旗仍然保存着。

我告诉老伴：等我哪天去见马克思时，把它盖在我身上。

2010 年 11 月 28 日晚

"引颈而望"

伊洛同志写完序以后，又写了一段"题外寄语"：

> 最后可能是并非题外的题外语，田庄以一名共产党员、国
> 立剧专卒业现代剧人，成为伶界宗师梨园世家谭鑫培氏的女婿
> 的女婿，无疑是在中国千年梨园血统植入一枚现代因子，按历
> 史艺术逻辑，应该有所引发和变化，让人引颈而望。

看了这段"寄语"，还"让人引颈而望"，望什么呢？望望我
的小孙女和大孙子吧。

我们的小孙女王君好，她现在已是北京中国戏曲学院附中的一
个学生了。今年 15 岁，四年级，学习花旦，再有两年就毕业。还
要考学院呢。

君好是个活泼好动的
小姑娘。很小的年纪就在
青岛市歌舞剧院艺术学校
学习舞蹈。考级已在六级
以上，2007 年偶然一个机
会报考了戏曲学院附中。
她在幼儿园时，为庆祝儿
童节就曾表演过歌舞《好

孙女在幼儿模特表演中获冠军

孙女在幼儿园表演节目

孙女表演《好日子》

日子》，在青岛的五四广场演出，在表演中她是最突出的一个。观众为之热烈鼓掌。还在这以前，她三岁半时曾参加 1999 年啤酒节主办的儿童模特大赛，获得了冠军。这就进一步促进了她对表演的兴趣。

我老伴是个京剧迷，天天在电视里看京剧，小孙女也跟着看，虽还称不到京剧迷，但也挺有兴趣，特别是对旦角的服装、头饰——花花绿绿、灼灼闪光，她让奶奶给她缝制戏衣，有水袖的，还给她用纸板制作《四郎探母》中铁镜公主戴的"两把头"，戴起来穿起来她就格外高兴地去表演。学着唱《卖水》、《红娘》等，都是跟着奶奶一块唱。

她也知道我们和谭家的关系，奶奶的外公是谭鑫培。2006 年谭孝曾到青岛来开会，送给我们谭富英百年诞辰的纪念品，君好到楼门口去接他，叫他"大哥"，孝曾很惊奇：我怎么还有一个在青岛的小妹妹呵！可不是吗，她年纪虽小，辈分却不小。孝曾叫我老伴"七爷"（满族俗），她是和谭富英同辈。

小孙女在学校这几年，最早分配她学武旦，她哭了，愿意学花旦，老师说不要哭，就学花旦吧。她学过《武家坡》、《小放牛》、《柜中缘》、《挂画》、《拾玉镯》、《卖水》、《红娘》等，参加演出《青石山》。

孙女在中国戏曲学院附中学习时表演《拾玉镯》

毕业后，小孙女还想考学院。她说：我想当老师。

爷爷、奶奶、爸爸、妈妈还有她的大大、大妈都希望她努力学习，预祝她成功！盼望她走出一条新的路。

说完了我的小孙女，再说说我的大孙子——王羿，他是我大儿子的孩子，今年 25 岁了。这孩子从小喜欢画画和写作，从小学到中学，画画得过好几次奖，作文更是从来不发愁，他的作文常常被语文老师作为范文在班里表扬一番。由于喜欢写作，加之可能是基因遗传，孩子瞄准了一个目标——中央戏剧学院戏剧文学系。果然，2004 年他高中毕业后就顺利考上了，成为我和老伴的"校友"。当得知这个消息后，我真的从心里感到高兴！由于种种原因，我的两个儿子都没能从事戏剧、戏曲工作，但是我的孙子、孙女却走上了戏剧戏曲之路，分别继承了我的戏剧事业和我老伴家族的戏曲事业。"后继有人"，也算是我晚年的一大幸福吧。

孙女生在青岛、长在青岛，从小在我的身边，是我看着长大的；而孙子则生在北京、长在北京，没有和我们生活在一起，只是当他上小学一年级时，因无人照看，我就去北京的大儿子家照看孙

我们和孙子孙女（2009 年 10 月）

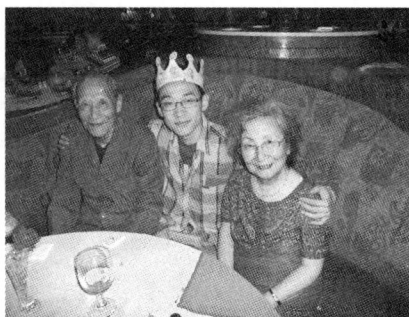

孙子 23 岁生日与爷爷奶奶合影

子，算起来，这还是我和孙子在一起最长的一段时间，这段时间也正是他画画最勤的时候。

那时北京一年一度的马拉松比赛的路线从大儿子住的楼前经过，我带着孙子在路旁看比赛，为运动员加油。看完回到家后，我说，羿羿你画画刚才看到的马拉松比赛吧。孩子拿起笔来就画，画面里除了跑着的人外，还有一个人趴在地上。我问："他这是怎么了？"他说："他摔倒了。"可是实际看见的比赛中并没有人摔倒呀，原来这是他的想象；画面里还有一个人的头部有很多点点，我问："这些点点是什么？"他说："爷爷，你没看见他出汗吗！"我哈哈大笑——原来如此！

2007 年 8 月，孙子在中戏学习时演出《三块钱国币》

2007 年 8 月，孙子在中戏学习时演出《地质师》

　　他还很喜欢泥工，就是用橡皮泥或胶泥捏人物和小动物。有一次我看到他捏的一个猪八戒，我惊讶极了，栩栩如生，惟妙惟肖，哪里想象得到是出自一个小学生之手啊！有一年春节他爸爸来青岛，带给我们一本孙子小时候的动漫画作。我们简直不敢相信，太好了，也太成熟了，简直就像一位著名画家画的。这是孙子留给我的深刻印象。

　　我原想他应当从事动漫绘画工作，并且一定会成功，可他并没有这个愿望，却对戏剧文学感兴趣。他没有从事动漫绘画工作，我觉得有些遗憾，但他现在从事戏剧文学的专业学习，也使我非常高兴。我相信这孩子不论学什么、做什么，都会成功的。

附录

下部队体验生活

1964 年，团里排演大型话剧《豹子湾战斗》。这是一部反映八路军在战斗年代开荒搞生产的戏。因此，由文化局于桂芳书记和田庄导演带队，剧组全体演员去部队体验生活，所去的部队在即墨农村，是以农业生产为主的部队。平时搞农业生产，开荒种地，一部分时间搞军事训练。

下部队后，演员都穿军装，分到各排各班，和战士们同劳动、同训练，严格地按军人的要求去做。内务上，被子也要叠成豆腐块一样的整齐。一丝不苟地做一名解放军战士，对我们这些散漫惯了的演员，真是磨炼和考验。

部队生活是相当紧张和艰苦的，尤其是搞农业生产的部队，除下田劳动外还要进行军事训练。在农田里刨地、播种、锄地、除草，一天干下来，腰酸背痛。回到驻地，因为各班都住在老乡的宅院里，还要给老乡挑水、扫院子，搞好军民关系。到晚上要晚点名、开班务会，由班长总结一天的劳动情况，表现好的受表扬，不好的挨批评。班务会后整理个人卫生，九时，熄灯号响起，立刻睡觉。团结、紧张，严肃有余，活泼不足。

有一天晚上睡到半夜，紧急集合号突然响起，班长要大家迅速起床，打背包、背上背包、扛上枪，在几分钟内到院里站队，跑步到连部广场集合。原来是搞夜训、拉练。

全连集合好后，部队在夜色中跑步出发，一直跑了十几公里。

在行军途中，还要做防空卧倒动作。搞得我们这些新兵上气不接下气，狼狈不堪。有的背包散了，有的人枪都要老兵帮着扛着，有的人实在跑不动了瘫坐在地上，被收容队收容。到拉练完后回到驻地，累得几乎要趴下。连队总结时，我们班还挨了批评，原因是我们班没带弹药。连长说：不带弹药，遇到敌情怎么战斗？班长在晚点名时，好一顿检讨，总结经验教训。

1964 年作者导演的话剧《豹子湾战斗》剧照。老伴王蕊芳饰演卫生员陶杏儿（左四）

排演话剧《豹子湾战斗》时到部队体验生活（前右一是老伴王蕊芳）

体验生活时，我们这些新兵的军装和领章一律是列兵规格。有的同志年龄较大，也是着列兵军装。在驻地的村里，遇到农村小孩的围观和嘲笑："呵！这么大年纪了，还是个列兵。"挺有意思。

到体验生活快结束时，部队首长特批演员们做一次步枪实弹射击。因为子弹的价值不菲，一颗步枪子弹据说顶当时的几斤小米。每人打五发子弹，就是十几斤小米。所以，实弹打靶是对演员们的特别优待。这一次打靶洋相百出，有的打不到靶上，有的让枪的后坐力推出卧位好远。虽然如此，但大家初次实弹射击，又兴奋又紧张，体验了真枪实弹的战斗状态。

在休息的时候，女同志就到各班，给战士们洗、补衣物。干完后，整齐地叠放在床上。战士们回来看到，感动得不知说什么好。男同志辅导战士们的文娱活动，教他们唱歌、排一些小节目。

在临别时，连长在座谈会上说："文艺战士给我们送来了春风，你们要是能常下来，我们连队的文娱活动就会活泼地开展起来。"于书记和田导演代表演员们表示：要向解放军学习！把解放军的好思想、好作风带回团里。

短短半个月的相处，和战士们建立起了深厚的情谊。临分别时，战士们依依不舍，流着泪跟着演员们坐的大卡车，跑着、跑着，送出去好远。

回团后，以解放军为榜样，很快完成了《豹子湾战斗》的排演任务。

王延安撰稿

原载《舞乐》总第十三期，2011 年 3 月 5 日刊发

后 记

在我的晚年，特别是离休以后，总觉得"要留给后人一点什么吧"，可留给后人一点什么呢？我这一辈子一直从事话剧和歌剧的表演与导演，除此之外，别无所有。

那就写写我的经历吧。

最近一二十年来，不断搜索记忆中的碎片，并随时记录下来、连缀起来，陆陆续续，"三天打鱼，两天晒网"，日积月累，连同过去已写就的一些文字，最终形成了这本由六十余篇短文组成的回忆录。这些短文中的一小部分曾经发表过，此次出版时作了一些修订；还有一些虽写就于20世纪三四十年代，但从未示人，历经数十年，现在终于能够和关心我的人见面了！

"故乡篇"是写我的家庭和儿时印象的。青少年时期，最突出的经历是八年的抗日战争。在这八年当中，我和那一代青少年度过了流亡生活，这是我的中学时代，也是我的"狂飙"（剧团）时代，更是我走上戏剧之路、投入国立戏剧专科学校的时代，这一段难忘的经历构成了"狂飙篇"和"剧专篇"。在这以后，我到了解放区，参加了革命工作，"解放篇"就是对这一时期的回忆。"缅怀篇"是纪念师友的，其中也就渗透着我自己的工作经历和人生感悟。"诗文篇"则多半是些"习作"。

在这本回忆录即将付梓之际，我首先要感谢老友伊洛同志赐序书前、学兄刘禹轩校阅书稿。

感谢相濡以沫近六十年的老伴王蕊芳，她时刻关心着我的写作，给了我极大的鼓励与支持。

感谢《下部队体验生活》一文的作者，我的老同事王延安同志慨允将该文作为本书附录。

责任编辑对本书进行了精心校阅，并提出了许多宝贵的修改意见，我要对他们的辛勤工作表示衷心的谢意！

田　庄

2012 年 1 月 3 日于青岛

图书在版编目(CIP)数据

狂飙集/田庄著. —北京：社会科学文献出版社，2012.7
ISBN 978 - 7 - 5097 - 3545 - 9

Ⅰ.①狂… Ⅱ.①田… Ⅲ.①回忆录 - 作品集 - 中国 -
当代 Ⅳ.①I251

中国版本图书馆 CIP 数据核字（2012）第 141150 号

狂飙集

著　　者／田　庄

出 版 人／谢寿光
出 版 者／社会科学文献出版社
地　　址／北京市西城区北三环中路甲 29 号院 3 号楼华龙大厦
邮政编码／100029

责任部门／北京社科智库电子音像出版社　　责任编辑／梁艳玲　马晓星
　　　　　（010）59367106
电子信箱／dzxy@ ssap. cn　　　　　　　　责任校对／白桂芹
项目统筹／杨　群　　　　　　　　　　　　责任印制／岳　阳
经　　销／社会科学文献出版社市场营销中心　（010）59367081　59367089
读者服务／读者服务中心（010）59367028

印　　装／北京季蜂印刷有限公司
开　　本／787mm×1092mm　1/16　　　　印　　张／15.75
版　　次／2012 年 7 月第 1 版　　　　　　字　　数／209 千字
印　　次／2012 年 7 月第 1 次印刷
书　　号／ISBN 978 - 7 - 5097 - 3545 - 9
定　　价／49.00 元